NA QUEBRADA
QUADRINHOS DE HIP HOP

organizador
Raphael Fernandes

Editora Draco
São Paulo - 2019

©2019 by Raphael Fernandes, Braziliano, De Leve, Cirilo S. Lemos, Giovanni Pedroni, Larissa Palmieri, Vitor Flynn, Felipe Cazelli, Marc Weslley, Alessio Esteves, Felipe Sanz e Jujú Araújo.

Todos os direitos reservados à Editora Draco

Publisher: Erick Santos Cardoso
Edição: Raphael Fernandes
Revisão: Rogério Faria
Ilustração de capa: Daniel Canedo
Projeto gráfico e arte: Ericksama

Dados internacionais de Catalogação na Publicação (CiP)
Ana Lúcia Merege 4667/CRB7

Na quebrada: hip hop em quadrinhos / organizado por Raphael Fernandes. – São Paulo : Draco, 2019.

Vários autores.
ISBN 978-85-8243-244-0

1. Histórias em quadrinhos I. Título

CDD-741.5

Índices para catálogo sistemático:
1.Histórias em quadrinhos 741.5

1ª edição, 2019

Editora Draco
R. César Beccaria, 27 - casa 1
Jd. da Glória - São Paulo - SP
CEP 01547-060
editoradraco@gmail.com
www.editoradraco.com
www.facebook.com/editoradraco
Twitter e Instagram: @editoradraco

Herói é quem vive na quebrada! – Introdução por Alê Santos   4

Sampleador   6
Roteiro: Raphael Fernandes   *Arte:* Braziliano

Preta Maravilha contra a união golpista   28
Roteiro e arte: João Pinheiro

Que nem morcego   50
Roteiro: De Leve e Cirilo S. Lemos   *Arte:* Giovanni Pedroni

Meu corpo, minhas regras   72
Roteiro: Larissa Palmieri   *Arte:* Vitor Flynn

Um conto de duas cidades   94
Roteiro: Felipe Cazelli   *Arte:* Marc Weslley

Darréu - a lei do mundo   116
Roteiro: Alessio Esteves   *Arte:* Felipe Sanz

Olido   138
Roteiro: Jujú Araújo   *Arte:* Braziliano

O rei do groove   160
Roteiro e arte: Guabiras

HERÓI É QUEM VIVE NA QUEBRADA!

No final dos anos 1960, o bairro do Bronx em Nova York era um verdadeiro cenário de guerra.

Em grande parte era consequência do processo de colonização e escravidão implantado no Novo Mundo, em especial a diáspora africana. A maior parte dessas pessoas vive nas regiões mais pobres das grandes cidades, tendo que criar seus filhos e sonhos em favelas e bairros com condições precárias em todos os campos: saúde, educação, segurança, transporte e até mesmo cultura. Todas essas coisas são privilégios que as pessoas de bairros mais bem localizados e com uma estrutura adequada nem mesmo percebem que têm. Eles nem imaginam que, na quebrada, a população mais pobre, que aqui no Brasil costuma ser a mais negra, raramente tem acesso à arte e ao entretenimento. Só que o povo que vive essa cultura urbana reagiu e fez uma das grandes revoluções culturais do planeta: o movimento hip hop.

Os ingredientes para essa explosão cultural já estavam ao alcance dos negros periféricos, afinal, a expressão artística e performática é um dos maiores presentes que nossos ancestrais africanos deram ao continente americano. No século XVII, os negros impactaram totalmente a religiosidade ocidental quando desenvolveram o Negro Spirituals, com suas músicas cristãs influenciadas pelos rituais e estilo de canto de seus ancestrais. Nos anos 1970, essa vontade de se expressar também mexeu com os jovens oprimidos e negligenciados pelo sistema, que empregaram sua criatividade nos *beats*, mixagens e rimas que fariam o mundo ouvir a voz da quebrada.

Para aquela sociedade branca e careta, o imaginário dessa galera era tido como entretenimento barato e inferior. Quantas vezes a arte da favela não foi questionada pela sua qualidade artística? As músicas eram populares demais, os discos de comediantes, provocativos, os programas de TV, apelativos, e os quadrinhos, de mau gosto. Tudo o que o negro fazia e gostava era marginalizado, mas talvez seja isso que tenha dado unidade a essa cultura: ser coisa de preto e de favelado.

A partir dos anos 1950, os quadrinhos sofreram uma série de ataques conservadores nos Estados Unidos. Tudo aconteceu por conta do macartismo e de um livro chamado "A Sedução dos Inocentes", que responsabilizava as HQs pelo aumento da criminalidade, do consumo de drogas e da queda no rendimento escolar. Não foi à toa que essa arte marginalizada e barata era uma das principais influências dos moleques que no futuro seriam os grandes nomes do hip hop.

Porém uma dessas primeiras conexões entre gibis e rap também começou no Bronx, quando Eric Orr publicou "Rappin' Max Robot", HQ dedicada ao público que curtia batalhas de *rap* e vivia a dura realidade dos guetos.

O equilíbrio dessas potências criativas já nos proporcionou obras lendárias como "Hip Hop Genealogia", de Ed Piskor. Nessa HQ, Piskor faz uma narrativa histórica do nascimento do movimento, com DJ Master Flash, DJ Kool Herc etc., até a popularização de meados dos anos 1980. A série foi vencedora do Prêmio Eisner em 2013.

Essa mistura invadiu o gênero dos super-heróis e a criação mais popular é Miles Morales, o Homem-Aranha Ultimate da Marvel. O personagem ficou mundialmente famoso com o filme "Homem-Aranha no Aranhaverso", que, além de contar com a trilha sonora de monstros do rap, como Juice WRLD e Nicki Minaj, mostra um lado periférico de Nova York, diferente daquele vivido pelo Peter Parker: tudo grafitado e do ponto de vista de um negro da periferia.

No Brasil, dois nomes são importantes na mistura de rap e quadrinhos, são o escritor Ferréz e o quadrinista Alexandre de Mayo, que trabalharam juntos em "Os inimigos não mandam flores" e "Desterro". Juntos ou individualmente, eles sempre encabeçaram essa mistura.

A narrativa urbana sempre esteve presente na arte de quem vive na periferia, esse é um dos pontos de convergência mais intensos entre os traços dos quadrinhos e as batidas do DJ. Isso se consolida em uma constelação de símbolos compartilhados que ganham uma nova dinâmica a cada geração de artistas, como os conceitos de herói e vilão usados por rappers como Racionais MCs, MV Bill e Marcelo D2.

No começo dos anos 2000, enquanto Snoop Dogg cantava: *"Ninguém, pode salvar o dia como Batman"*; o Emicida já soltava um *"Já chego no Kamehameha, progresso vem das gangue"*. Foi assim que o jovem rapper do Lauzane Paulista tornou-se uma das maiores referência da ligação entre rap e quadrinhos em nosso país. A conexão das coisas é tão forte que, em 2018, ele lançou o single "Pantera Negra", inspirado no herói da Marvel, e fez muita gente estremecer com a rima:

"Minha pele, Luanda

Antessala, Aruanda

Tipo T'Challa, Wakanda."

Não dá para deixar de citar aqui os versos poderosos de Drik Barbosa na música "Mandume": *"Sou Tempestade, mas entrei na mente tipo Jean Grey"*, onde ela mostra seu empoderamento citando duas das personagens femininas mais importantes dos X-Men. Esse grupo foi criado por Stan Lee na década de 60, época de alguns dos maiores confrontos raciais pelos direitos civis dos afro-americanos. A realidade negra marginalizada e violentada fez nascer duas visões distintas sobre a resolução desse problema. Os integracionistas buscavam mais direitos dentro da sociedade americana, integrando-se aos brancos para construir uma sociedade igualitária. Também existia um grupo separatista, que acreditava ser mais seguro e mais viável economicamente o fortalecimento de uma sociedade negra independente. Ambas as visões nasceram décadas antes, mas acabaram se imortalizando nos discursos antagônicos de Martin Luther King e Malcolm X. Seus embates acabaram inspirando o conflito dos dois líderes mutantes, Charles Xavier e Magneto.

Como o simbionte do Homem-Aranha, o movimento hip hop e as histórias em quadrinhos formam uma aliança cultural, na qual trocam características e formam novas gerações de artistas periféricos com essa dupla cidadania em sua formação. Se os rappers estão fazendo um verdadeiro resgate dessa ancestralidade do rap, que foi muito influenciado pelos quadrinhos em sua origem, os quadrinistas que você vai ler a seguir estão fazendo a mesma coisa ao produzir HQs sobre o universo do hip hop.

São histórias que nascem do imaginário sensível e revolucionário de quem sabe o que representa viver *Na Quebrada*.

Alê Santos
Autor e pesquisador de Narrativas Africanas

RAPHAEL FERNANDES

Roteirista e editor da Editora Draco. Foi editor da MAD por nove anos, mas isso não o impediu de ganhar o Troféu HQMix muitas vezes. Seus principais quadrinhos são *Ditadura No Ar*, *O Despertar de Cthulhu*, *Demônios da Goetia*, *Delirium Tremens de Edgar Allan Poe*, *A Teia Escarlate* e a série de ação *Apagão*, que mostra uma São Paulo dominada por gangues após um blecaute. Além disso, ele é um historiador formado pela USP e um tarólogo formado pelo universo.
Twitter @raphafernandes
Instagram @raphaelfernandess

BRAZILIANO

Nascido em Santa Maria, RS, 1981. Grafiteiro, ilustrador e quadrinista. Depois de 15 anos dedicado ao grafite, leva a fluidez dos traços dos muros para o papel. Adentra em 2016 no universo de quadrinhos independentes lançando dois zines, o *THC, LSD e PIXO* e o *BRAZA*. Junto com o coletivo MAZE produz o HQ *Ciclo*. Participou das coletâneas *Space Opera em Quadrinhos* e *Periferia Cyberpunk* da Editora Draco.

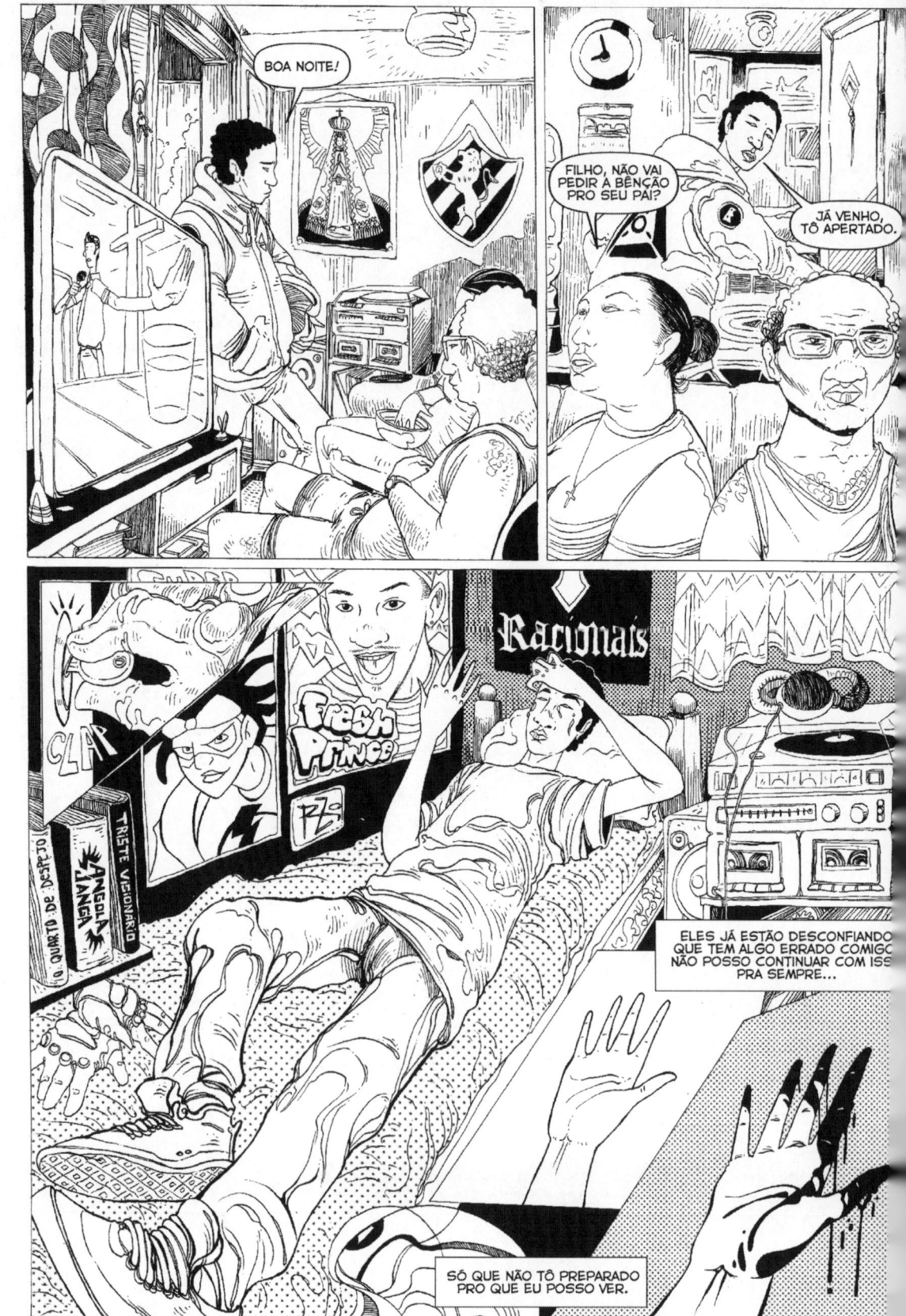

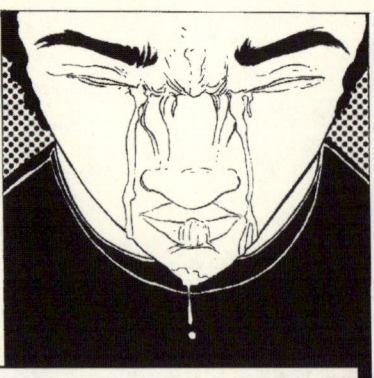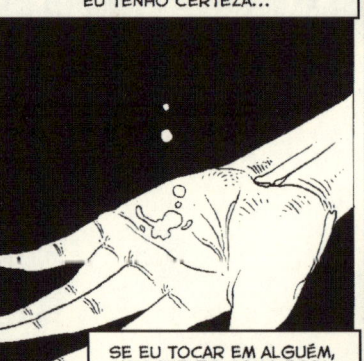

...E SEMPRE VOU TE AMAR.

JOÃO PINHEIRO

Nascido em 1981, Pinheiro é artista visual, educador e quadrinista. Tem contribuído para diversas revistas, jornais, editoras de livros, produtoras de vídeo e agências de publicidade. É autor de *Carolina* (Veneta, 2016) junto com Sirlene Barbosa, indicado ao prêmio Jabuti e ganhador do prêmio ecumênico do Festival de Quadrinhos de Angoulême de 2019, *Burroughs* (Veneta, 2015), lançado também na Turquia e na França, e *Kerouac* (Devir, 2011). Em parceria com o escritor Jeosafá Fernandes Gonçalves, lançou as HQs: *O espelho de Machado de Assis* e *A lenda do belo Pecopin e da bela Bauldour* (Mercuryo Jovem, 2012 e 2014). Também publicou HQs nas revistas: *Front*, *Graffiti*, *+Soma*, *Hipnorama* (Argentina), *Inkshot* (EUA), *Serafina*, *Imaginários em Quadrinhos*, *revista Bill* e *Cavalo de Teta* (Brasil). É o criador e editor da revista virtual *Projeto Bill*.
Site jpinheiro.com.br
Blog vagulino.tumblr.com

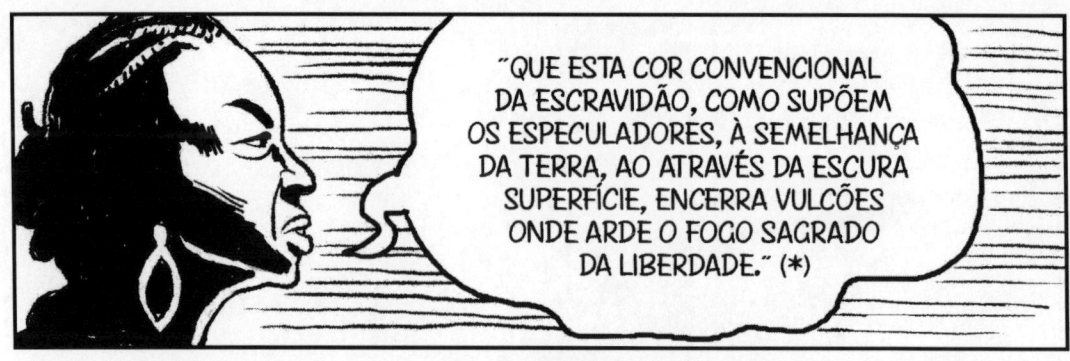

(*) "Emancipação, de Luiz Gama, publicada no jornal Gazeta do Povo, de 1 de dezembro de 1880.

ZAP
ZAP
ZAP
CADEIA NELA!
NÃO AGUENTO OUVIR A VOZ DESSE CARA, PELAMOR!
TERRORISTA É ELE!
TIRA DAÍ!
ACHO QUE TÁ PASSANDO O SHOW DAS ZAPATISTAS PANTERAS NA TV HIP HOP!
CLICK
AGORA SIM!

SALVE, MANOS E MINAS!
Dina-Di
DEPOIS DE TREZENTOS ANOS DE ESCRAVIDÃO, VOCÊS VÊM FALAR DE PAZ? SE ORIENTA, DOIDÃO!
VAMO CANTÁ JUNTO, GALERA...
PRETA MARAVILHA
PRETA!
PRETA!
Dina-Di
PRETA!
PRETA!
PRETA!

> CANTO AQUI NESTE RAP A HISTÓRIA DA VITÓRIA

> DA PRETA IMPONENTE MINA CHEIA DE GLÓRIA

FAROL DO QUILOMBISMO
PRINCESA QUILOMBOLA
A PRETA MARAVILHA
CHEGOU PRA ESMERILHAR
POW!
PUNHOS PRONTOS PRA GUERRA
NINGUÉM PODE PARAR

LIBERDADE OU MORTE É O GRITO DA GUERREIRA

QUE ECOA NAS QUEBRADAS DA NAÇÃO MALOQUEIRA

REVOLUÇÃO COMEÇOU
É A HORA E A VEZ DO POVO,
COM A PRETA AO NOSSO LADO
FAREMOS PALMARES DE NOVO.

TATÁTÁTÁ
TÁ TÁ
ELA TÁ VINDO!
A PRETA CONSEGUIU. TROUXE OS RATOS PRA BOCA DO GATO! TODO MUNDO A POSTOS!
A UNIÃO GOLPISTA NÃO BRINCA EM SERVIÇO, MOCINHA! VOCÊ VAI APRENDER UMA LIÇÃO!
CURTI O CORTE DE CABELO! BEM LOKO!

VOCÊ VAI TER BASTANTE TEMPO PRA RIR NAS NOVAS INSTALAÇÕES DO DOPS!

ESTÁ CERCADA, ENTREGUE-SE!

EU, CERCADA? CÊ TEM ESSE PUTA CABEÇÃO E NÃO PENSA, BISPO?

MAS CHEGA DE LERO-LERO, QUE A REVOLUÇÃO TEM PRESSA, TRUTA!
BONK
CARÁI, ELA NÃO DEIXOU QUASE NADA PRA NÓIS!
ZICA!
CALMA, SUPER DANDARA, QUE O QUE NÃO FALTA NESTE PAÍS É ESCRAVO-CRATA PRA METER PORRADA!
HAHAHA... OLHA A CARA DE DESESPERO DESSE VACILÃO!
ESSA MINA É ZICA MEMO!

MAIS TARDE, LONGE DALI, NO PALÁCIO DA UNIÃO GOLPISTA, ACONTECE UMA REUNIÃO SECRETA.

— SENHORES, TENHO UM COMUNICADO IMPORTANTE E, ALÉM DISSO, MUITO FELIZ A FAZER...

— CREIO QUE MEUS AMIGOS AQUI PRESENTES, SENHORES JUÍZES, PASTORES, PADRES E CRISTÃOS EM GERAL... ALÉM DOS NOBRES AGENTES DO MERCADO FINANCEIRO, FBI BRASIL E JORNALISTAS, FICARÃO DEVERAS EMPOLGADOS COM A NOTÍCIA QUE TRÁ-LHES-EI...

— A GUERRA CONTRA A POBREZA ACABOU...

— E OS POBRES PERDERAM!

CRAZZ

BI... BISPO...

!?

A CASA CAIU, PATRÃO!
SEUS SOLDADOS JÁ ERAM!
TEM UMA MULTIDÃO VINDO PRA CÁ. E ELES NÃO ESTÃO PRA BRINCADEIRA!
CABEÇAS VÃO ROLAR!

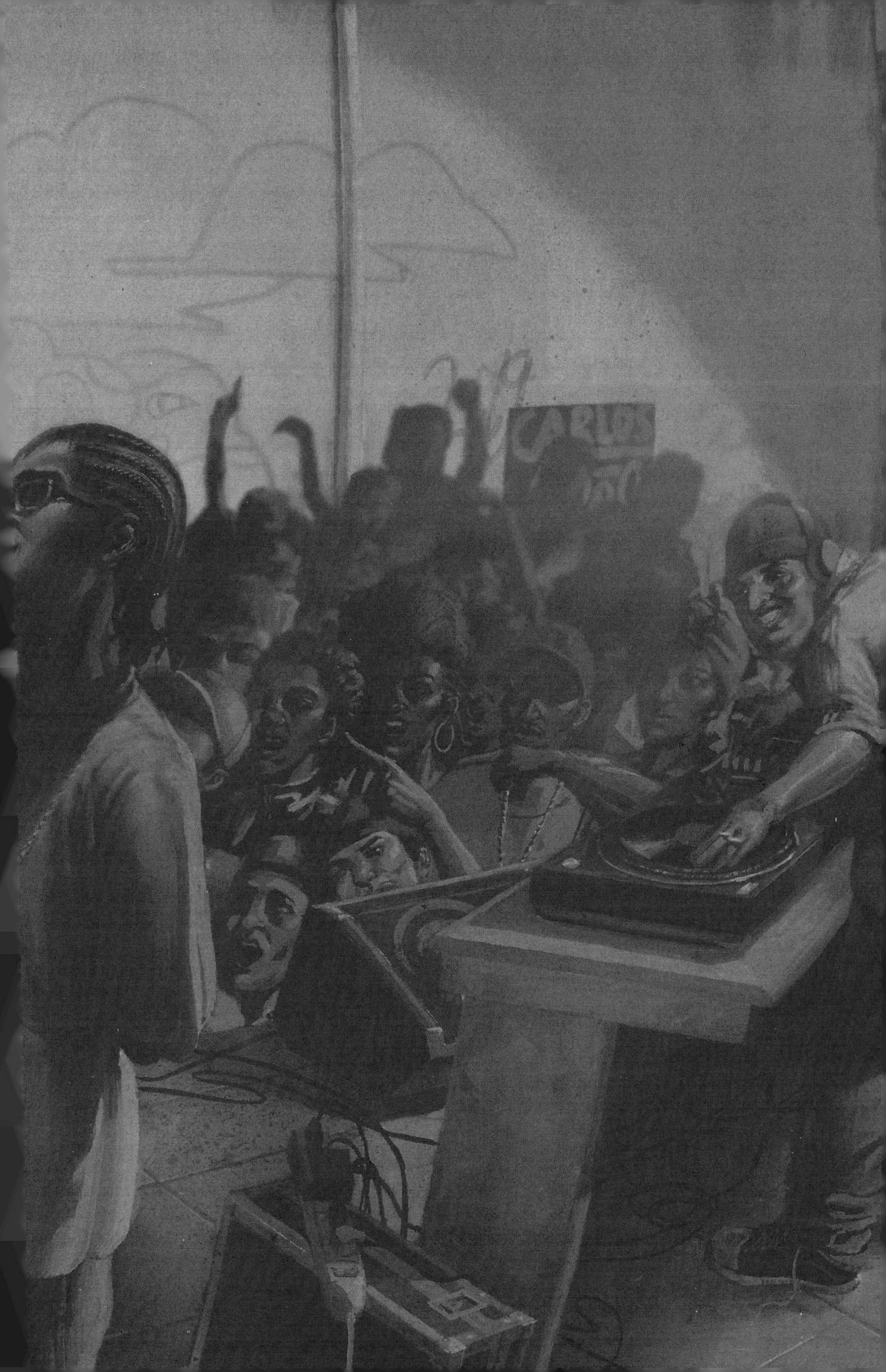

DE LEVE

Um dos rappers brasileiros mais influentes, o niteroiense Ramon Moreno foi um dos fundadores do coletivo Quinto Andar. Depois se lançou em carreira solo como De Leve, mantendo o humor ácido e o sarcasmo de suas críticas sociais. A leveza (turudum-tsii!) do seu estilo ajudou a quebrar barreiras e levou o rapper a atingir um público maior. Lançou três discos solo, *O Estilo Foda-se*, *Manifesto 1/2 171* e *De Love*, além de *Piratão* com o Quinto Andar – e um EP com Speed Freaks, em 2010. Teve que se afastar da música para cuidar do filho, porém, depois do hiato, lançou o EP *Estalactite*, com muito funk, beats feras, suingue e o deboche de sempre.
Blog deleve.bandcamp.com
Spotity spoti.fi/2twL8OT

CIRILO S. LEMOS

Nascido em Nova Iguaçu, baixada fluminense, em 1982. Foi ajudante de marceneiro, de pedreiro, de marmorista, de astronauta. Fritou hambúrgueres, vendeu flores, criou peixes briguentos, estudou História. Desde então se dedica a escrever, dar aulas e preparar os filhos para a inevitável rebelião das máquinas. Gosta de sonhos horríveis, realidades previsíveis, fotos de família e ukuleles. É o autor dos romances *O Alienado* (2012) e *E de Extermínio* (2015) e roteirizou os quadrinhos *Terra Morta: A obsessão de Vitória* (2014) e *Devorados* (2017).

GIOVANNI PEDRONI

Apaixonado por quadrinhos desde criança, trabalha como ilustrador desde 2008, quando começou fazendo ilustrações para livros didáticos. Entre seu trabalho, projetos pessoais e as mesas de RPG, nunca imaginou que em 2016 teria tantas oportunidades de atuar na área dos quadrinhos, participando das coletâneas *Kimera - A Última Cidade* e *Space Opera em quadrinhos*.
Site gpedroni.wix.com/portfolio

OUTRA SEXTA-FEIRA, E MAIS UMA VEZ OS FONES DE OUVIDO AJUDAM A LIDAR COM O BARULHO DO MUNDO.

TÁ CADA VEZ MAIS DIFÍCIL IGNORAR TODOS OS SONS SE MISTURANDO.

ELES VÊM DE TODOS OS BURACOS DO DIA E DA NOITE, E PAIRAM FEITO UMA NUVEM DE CA-CO-FO-NIA.

RAMIRO! EI, RAMIRO!

OLHA ELA AÍ, GATA COMO SEMPRE.

AH, OI, JU. DESCULPA. TAVA DISTRAÍDO.

TÁ SURDO, MOLEQUE? OLHANDO PRO NADA, AÍ.

SERÁ QUE AQUELE MOTORISTA VAI ENCRENCAR COM MEU PASSE DE NOVO?

RELAXA. TÔ MAIS PREOCUPADA É COM OS ASSALTOS LÁ NA ÁREA.

SE PERDER MEU CELULAR, VOU TER UM TROÇO.

BORA PRO PONTO DE ÔNIBUS?

— VOCÊ TÁ É COM INVEJA PORQUE MEU CABELO DÁ DE DEZ NO SEU.

— SÓ NO SEU MUNDO. VOCÊ NEM DEVE LAVAR ESSA CABEÇA.

— HÁ, HÁ, MUITO ENGRAÇADO. E COMO ESTÁ O NENÉM?

— O KAUAM TÁ BEM. JÁ TÁ COMEÇANDO A ENGATINHAR.

— FIQUEI COM A JU NO ANO PASSADO. ACHEI QUE A GENTE IA NAMORAR E TAL...

MAS ELA JÁ TAVA GRÁVIDA DO FILHO DA PUTA DO CESINHA.

— JUJU, MINHA FLOR, TÁ INDO PRA CASA?

— ENTRA AÍ, QUE TE DOU UMA CARONA.

— VAI FICAR CHATEADO COMIGO SE EU ME ADIANTAR?

— TÁ MUITO PERIGOSO LÁ NA RUA, E PRECISO CUIDAR DO KAUAM PRA DAR UM DESCANSO PRA MINHA AVÓ.

— FICAR CHATEADO, JU? SÓ PORQUE ESPEREI QUASE UMA HORA DEPOIS DO MEU HORÁRIO PRA PODER TE FALAR UMAS PARADAS?

— CLARO QUE NÃO, JU. VAI LÁ, SE ADIANTA. DÁ UM BEIJINHO NO KAUAM.

A VIDA DE PONTA CABEÇA, QUE NEM MORCEGO.

QUE NEM MORCEGO

MAS A GENTE SE ACOSTUMA NESSA POSIÇÃO, ENTRE AS ESTALACTITES. QUE NEM MORCEGO.

ROTEIRO: MC DE LEVE E CIRILO LEMOS
ARTE: GIOVANNI PEDRONI

PRA VARIAR, O MOTORISTA OTÁRIO NÃO ACEITOU MEU PASSE.

TÔ SEM UM PUTO NO BOLSO E SÃO SETE QUILÔMETROS ATÉ A MINHA CASA.

E TEM ESSE BARULHO QUE NÃO ACABA.

RUÍDO DE CARRO, BÊBADO GRITANDO, PANELA PROTESTANDO NA JANELA, CACHORRO LATINDO, GATO TREPANDO...

NOVELA NA TV, TUDO VIRA ESSA COISA, UM EMARANHADO DE BALBÚRDIA.

TEM DIAS QUE NEM DÁ PRA DORMIR.

QUERIA SÓ, SEI LÁ, TIRAR ESSA COISA QUE PRESSIONA MINHA CABEÇA E TENTA SAIR ARREBENTANDO O CRÂNIO.

SE PELO MENOS EU TIVESSE ALGUMA...

...DIREÇÃO.

"NO MICROFONE,
OU VOCÊ TEM TALENTO OU SOME.
DO JEITO QUE TU TÁ NA CAPA,
VIVE DISSO E PASSA FOME.
O RAP NASCEU NA SÃO BENTO,
MAS NUNCA VIU UM CARA
TÃO MULAMBENTO."

NA BATIDA, QUANTOS VERSOS CABEM? OS DE MENTIRA RONDAM, MAS OS VERDADEIROS SABEM QUEM É DE VERDADE E QUEM É DE MENTIRA QUANDO MANDA A RIMA NÃO VIRA

VOCÊ TEM QUE SER LEGÍTIMO, LIMPO IGUAL FAXINA QUANDO FLUI NO RITMO, NÃO PODE SER CÓPIA DA CHINA

QUAL É A PALAVRA QUANDO A GENTE TEM UMA REVELAÇÃO E UMA IDEIA AO MESMO TEMPO?

TU É FALSO QUE NEM NOTA DE QUARENTA, MAIS MENTIROSO QUE FLAMENGUISTA QUE DIZ SER PENTA. AQUI QUEM FALA É MULHER, AMIGO, NEM TENTA.

MANO DO CÉU.

EPIFANIA.

A MÚSICA TRANSCENDE,
A BATIDA E O GRAVE
QUE SAI DA CAIXA ACENDE
TUDO QUE A PALAVRA PRETENDE
PASSAR E ME EXPRESSAR PELO
RITMO NA VELOCIDADE DA LUZ,
COM PRECISÃO DE ALGORITMO,
DISSO FAZEMOS CIÊNCIA
COM TREINO E PACIÊNCIA

E AÍ, GALERA? QUEM MANDOU A REAL? FAZ BARULHO PRA MC XUXINHA AÍ!
XUXINHA!
XUXINHA!
XUXINHA!
XUXINHA!
FAZ BARULHO QUEM GOSTOU DO MC DINGÃO!
Player
Dr. Dre
Mos Def
NAS
Pharoahe Monch
KRS-One
DJ Premier
Grandm. CAZ
Musicas
Fotos
Trampo
Mixer
EFFECTS
SAI FORA, DINGÃO. NÃO DEU PRA TU HOJE, MOLEQUE.

ESCUTEI OS CARAS GRITANDO AQUELAS RIMAS ATÉ DEPOIS DA MEIA-NOITE.

DAÍ, TIVE QUE PAGAR A PASSAGEM DA VAN COM UM DINHEIRO QUE NÃO QUERIA MEXER.

ANOTEI AQUI UM MONTE DE NOMES DE MÚSICAS PRA PROCURAR EM CASA. KRS-ONE, MOS DEF, NAS.

SE MEU CELULAR TIVESSE CRÉDITO, JÁ IA OUVINDO DAQUI.

ESPERO QUE O PRIMO NÃO TENHA DESLIGADO O WIFI NA CASA DELE.

ATÉ QUE ENFIM. JÁ ESTAVA FICANDO PREOCUPADA.

O ÔNIBUS DEMOROU.

TÔ DE OLHO EM VOCÊ. SUA COMIDA TÁ DENTRO DO MICRO-ONDAS.

EU VI RIMAS DOS MCS DANÇANDO NO AR.

VI AS BATIDAS SE ORGANIZANDO E SE ENCAIXANDO NA MINHA FRENTE.

VI ATÉ AS LACUNAS E ESPAÇOS VAZIOS. DEVO ESTAR DOIDO, MANO.

NÃO VÁ FICAR ATÉ TARDE COM A CARA NESSE COMPUTADOR, AMANHÃ VOCÊ ACORDA CEDO.

TÁ, MÃE. CARACA.

PASSEI A NOITE GARIMPANDO BATALHAS, BATIDAS, RIMAS.

EU APENAS FECHAVA OS OLHOS E VIA TUDO ISSO SE MESCLANDO. SONS E PALAVRAS. TUDO SE ENCAIXAVA.

MESTRES DA RIMA NA ERA MODERNA, DANDO SENTIDO À NOSSA GERAÇÃO EM LÍNGUA MATERNA

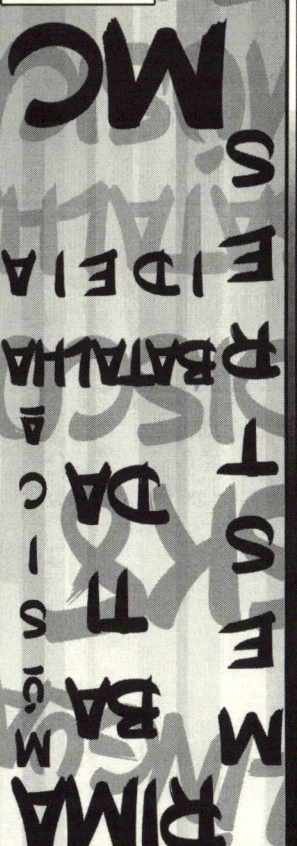

O BARULHO DO MUNDO NÃO ERA POLUIÇÃO SONORA.

ERAM IDEIAS QUERENDO SAIR.

DE CABEÇA PRA BAIXO, FEITO MORCEGO. ASSIM AS IDEIAS FLUEM, VIRAM COISA BOA. EU POSSO FAZER ISSO.

BOOM-BAP-BOOM-BOOM-BAP-BOOM-BOOM

ASAS PRA VOAR.

NO MEU SONAR, SINTO O PULSAR, JÁ É QUASE CORAÇÃO. A BATIDA CONSTANTE, EXPLOSÃO POTENTE, JÁ É QUASE FLUTUAR.

EU SINTO O PESO DAS PALAVRAS, VEJO AS LACUNAS ONDE ENCAIXÁ-LAS.

A BATIDA ME MOSTRA OS ESPAÇOS E O TEMPO. E A BATIDA, AH, A BATIDA ESTÁ EM TODO LUGAR.

SÓ PRECISO SER RÁPIDO. COMO UM PRESTIDIGITADOR.

FAZER RIMA É DELEITE, DOCE QUE NEM DE LEITE
NELA ME EXPRESSO LIVRE, IGUAL NO SKATE
O PENSAMENTO DESLIZA, LIBERDADE DE SOBRA
QUE A PALAVRA SE CONCRETIZA FEITO MANOBRA

BOOM-BOOM-BAP-BOOM-BOOM-BAP-BOOM

E, SE VOCÊ ATINGIR A VELOCIDADE CERTA, ELA APARECE. SE VOCÊ TRABALHAR DURO E NÃO DESCANSAR, ELA VEM.

A INSPIRAÇÃO. A GRANDE MUSA. A DEUSA. E ELA VAI OLHAR NA SUA CARA E DIZER:

ARTE É FAZER.

TALENTO É REALIZAR.

BOOM-BAP-BOOM-BOOM-BAP-BOOM-BOOM

A MÚSICA TRANSCENDE, A BATIDA E O GRAVE QUE SAEM DA CAIXA ACENDEM

TUDO QUE A PALAVRA PRETENDE PASSAR E ME EXPRESSAR PELO RITMO, NA VELOCIDADE DA LUZ

COM PRECISÃO DE ALGORITMO, QUE NÃO VIVE SÓ DO APARENTE, MUITO ALÉM DE BONÉ

COMO PENSAM OS SEUS PARENTES, VIVE DE QUESTIONAMENTO E NESSE MOMENTO...

BOOM-BOOM-BAP-BOOM-BOOM-BAP-BOO—

...EU PASSO A BOLA PORQUE O BEAT PAROU E ACABOU O MEU TEMPO.

QUEM QUER UM TERCEIRO ROUND GRITA: EEEEEU!

MANDOU BENZAÇO.

VOCÊ TAMBÉM, MOLEQUE. MAS MEU FLOW TE MOEU.

XU-XI-NHA! XU-XI-NHA! XU-XI-NHA! XU-XI-NHA! XU-XI-NHA!

ÀS VEZES AS MUSAS SÃO DE CARNE E OSSO.

QUANDO A GALERA ESTÁ DO SEU LADO, VOCÊ GANHA ENERGIA EXTRA.

ARTE É FAZER.

SE NÃO BOTAR PRA FORA, É SÓ IDEIA, SÓ CONCEITO, SÓ VAPOR.

A INSPIRAÇÃO TEM QUE TE PEGAR TRABALHANDO.

ESPERO QUE ELA VENHA.
O QUE É ISSO QUE VOCÊ TANTO ESCREVE?
TRABALHO DO COLÉGIO?
NÃO, MÃE.
NÃO TÁ FAZENDO AQUELES FUNK DE DROGA, NÉ? SE A POLÍCIA TE PEGAR...
NADA A VER, MÃE! É SÓ UMAS IDEIAS MINHAS.
UMAS IDEIAS, NÉ?
VOCÊ PODIA COLOCAR UMAS IDEIAS NAS PROVAS TAMBÉM.
MÃE, SUA COMIDA É A MELHOR, TÁ LIGADO? ADORO SEU FEIJÃO COM ARROZ E FRANGO GRELHADO. COM A FOME QUE EU TÔ, EU COMO A PANELA. MAS SE EU EU FIZER ISSO, A SENHORA ME JOGA DA JANELA.
COME ANTES QUE ESFRIE, MEU GABRIEL O PENSADOR MIRIM.

BOOM-BAP-BOOM-BAP-BOOM-BOOM-BAP-BOOM

NAS RUAS, TENTANDO ESPALHAR MINHAS RIMAS POR AÍ.

TU TÁ TIPO RAGE AGAINST THE MACHINE, DIGO PELAS ROUPAS, PORQUE NO SOM TU ME DEPRIME, TÁ MAIS CIRCO QUE SLIPKNOT, ESPERO QUE DEPOIS DA SURRA NO MIC, CÊ FUJA DE PINOTE, E VÁ TROCAR DE ROUPA PORQUE VOCÊ NÃO ENGANA NINGUÉM AQUI, NÃO É SÓ ESTILO QUE TE FAZ UM MC.

E EU VOU ENFILEIRANDO OS MCS.

QUANDO OS VERSOS SAEM DA BOCA FLUINDO IGUAL LÍQUIDO, TEM QUE PARECER NATURAL E SOBRENATURAL, NUNCA INSÍPIDO, É O QUE MOVE O OUVINTE, QUE, POR CONSEGUINTE, DIFERENCIA QUEM É DEZENOVE E QUEM É VINTE.

OLHAÊ! MÚSICA DE QUALIDADE!

O PATRÃO MANDOU VENDER!

BAR DO

MC MORCEGO

MOR-CE-GO! MOR-CE-GO! MOR-CE-GO! MOR-CE-GO!

NAS BATALHAS DA CIDADE, ONDE AS PESSOAS JÁ PARAM PRA ME OUVIR. TORCEM POR MIM.

MAS CERTAS ALTURAS SÓ SÃO POSSÍVEIS DE ATINGIR ESCALANDO SEUS DEGRAUS, SEGUINDO SEUS PROTOCOLOS.

BATALHA ESTADUAL

E O ADVERSÁRIO ESTÁ CHEGANDO, SENHORAS E SENHORES! ELE VEM DAS PROFUNDEZAS DO RIO DE JANEIRO E ESTÁ EM UMA JORNADA PARA APERFEIÇOAR SUA ARTE! VOCÊS CONHECEM O MC MORCEGO!

E DE PÉ AQUI, AGUARDANDO COM FÚRIA E ENXOFRE SUFOCANTE, O DEVASTADOR MC VENENOSO!

BEM-VINDOS À SEMIFINAL DA BATALHA ESTADUAL DE MCS!

E, PARA INICIAR A BATERIA DE RIMAS MALVADAS, A PALAVRA ESTÁ COM MORCEGO! MANDA BALA, MANO!

FAZ O TEU MELHOR, CARA. TU NÃO PASSA DAQUI.

MINHA ARENA É NO CÉU, E ESTEJA VOCÊ DE CAPUZ OU DE CHAPÉU, É LÁ QUE VOU FAZER DO SEU CHIFRE O MEU TROFÉU.

BOOM-BAP-BOOM-BOOM-BAP-BOOM-BOOM-BAP

RAPÁ, MINHAS RIMAS TE PERSEGUEM COMO PRAGA,
ATRAEM COMO ÍMÃ, DEPOIS FURAM FEITO UMA ADAGA,
MAIS UM ROUND E VOU PRA CIMA, O ATAQUE NÃO ACABA,
TRÊS COMBOS E FINISH HIM! CAMINHA PRO FIM DA SAGA,

A MINHA RIMA É MÁGICA, MAS MINHA MÃE NÃO É MAGA,
A BATIDA É MUITO GORDA PRA ESSA SUA RIMA MAGRA,
SE TU TINHA ESTRATÉGIA, RASGA,
A BATIDA VEM, A SUA RIMA NÃO, VOCÊ ENGASGA,
SILÊNCIO E O BEAT TE ESMAGA,
QUANDO SUA VOZ ENTRA NELE DE NOVO, ESTRAGA.

BOOM-BAP-BOOM-BOOM-BAP-BOOM

CRIANÇA, EU CONHEÇO SEU TRUQUE,
EU SEI DOS SEUS SEGREDOS,
EU DESTRUO SUA CASA,
EU QUEBRO SEUS BRINQUEDOS,
EU TE MOSTRO MINHA ASA,
ME ALIMENTO DOS SEUS MEDOS.

ISSO É REAL QUE NEM DOR,
QUANDO CHEGA, VOCÊ SENTE,
NÃO ADIANTA FICAR DE MAU HUMOR,
MESMO ELE SENDO APARENTE,
SUA CARA DE NADA NÃO ME CONVENCE,
POR DENTRO VOCÊ QUER SORRIR
O SORRISO DE QUEM VENCE.

QUANDO EMPUNHO O MICROFONE,
EU TÔ É COM FOME,
VOU TE MASTIGAR E JOGAR PROS PEIXES,
VOU ACABAR COM SEU NOME,
VOCÊ NÃO SE ATUALIZA, F5, TÁ NA HOME,
A MAIORIA DE VOCÊS,
DEU DOIS ANOS, JÁ SOME.

VOU ARRANCAR A SUA LÍNGUA,
E PENDURAR NA MINHA LAPELA,
VOU ANULAR O SEU BEAT, OTÁRIO,
PRA VER SE TU É HOMEM
DE ME ENCARAR À CAPELA.

SEM O HAT, SEM O BUMBO, SEM A CAIXA E SEM O TEMPO, QUERO VER SE AS PALAVRAS VÊM NA SUA CABEÇA NO MOMENTO, COM TUDO ISSO FLUÍA BEM, MAS PARECE QUE SEM MUITO DISSO SUA RIMA NÃO VIVIA SEM.
SINTO A RUPTURA NO MESMO INSTANTE EM QUE O BEAT PARA. SEM AS LINHAS DA BATIDA E DO BAIXO, TUDO VIRA BARULHO OUTRA VEZ.
O QUE TU VAI FAZER AGORA? VAI INVENTAR NA HORA? OU VAI MANDAR UMA DECORADA FEITA NO RECREIO? TOMARA QUE NÃO, SENÃO FICA FEIO, TU É AMADOR, ISSO AQUI É PRA PROFISSIONAL, CAI DO MEIO.
ELE ME DESAFIOU À CAPELA. AQUELA PARADINHA QUE SINTO QUANDO TÁ ROLANDO A MÚSICA JÁ ERA. ACABOU. NÃO VOU PASSAR DAQUI.
BATA
ESTA
VISH!
FODEU!
PUTZ!
TRAVOOOU!
AÍ NÃO, MANOOO!
BORA, MORCEGO!
TU CONSEGUE!
SE LIGA AQUI, MORCEGO! BOOM-BOOM-BAP! BOOM-BOOM-BAP! ME AJUDA, GALERA!

BOOM-BAP-BOOM-BOOM-BAP-BOOM-BOOM-BAP

ISSO NÃO VALE, MANO. PÔ.

VALEU, GALERA! BORA LÁ! ÊÊÊ-Ê! ÊÊÊ-Ê!

BEM QUE VOCÊ FALOU QUE EU PRECISO DO RITMO, QUE BOM, PORQUE ISSO AQUI É HIP HOP, É LEGÍTIMO, E EU NÃO QUERO RIMAR SEM A BATIDA, SEM ELA, QUAL A GRAÇA? FAZ PARTE DA MINHA VIDA.

QUANDO ELA VEM, TE AMASSA, A RIMA SE CONVIDA SÃO VIAGENS SEM VOLTA, COM PASSAGEM SÓ DE IDA, COM ELA VOU ATÉ DE MANHÃ SEM QUE ME CANSE, ALGO TOMA CONTA DE MIM, FEITO UM TRANSE.

E DEPOIS DE UM DIA CHEIO, ISSO AINDA NÃO ACABOU. VOU MOSTRAR PRA CERTA MINA QUE JÁ MANJEI SEU FLOW.

EU VOU TE MOER DE NOVO, MORCEGUINHO.

BOOM BAP BOOM BOOM BAP BOOM BOOM BAP

BATALHA TATUAL

BOM, A XUXINHA ME MOEU DE NOVO NAQUELA NOITE E ME MOSTROU QUE EU TENHO MUITO O QUE APRENDER.

ELA GANHOU O ESTADUAL. MAS EU APRENDI QUE VENCER NÃO É TUDO. TIVE ATÉ O RESPEITO DA GALERA.

NÃO QUE AS COISAS TENHAM MUDADO MUITO...

GANHEI UM BOCADO DE COISAS, NA VERDADE.

SABE, NA VERDADE, EM CERTO SENTIDO, ESTÃO DO MESMO JEITO.

EM OUTROS SENTIDOS, MUDOU MUITO. O BARULHO DO MUNDO AGORA EU TRANSFORMO NA MINHA ARTE.

TALENTO É REALIZAR.

DE CABEÇA PRA BAIXO, QUE NEM MORCEGO, MAS COM ASAS PRA VOAR.

MAS, COMO ME DISSERAM UMA VEZ: ARTE É FAZER.

FIM

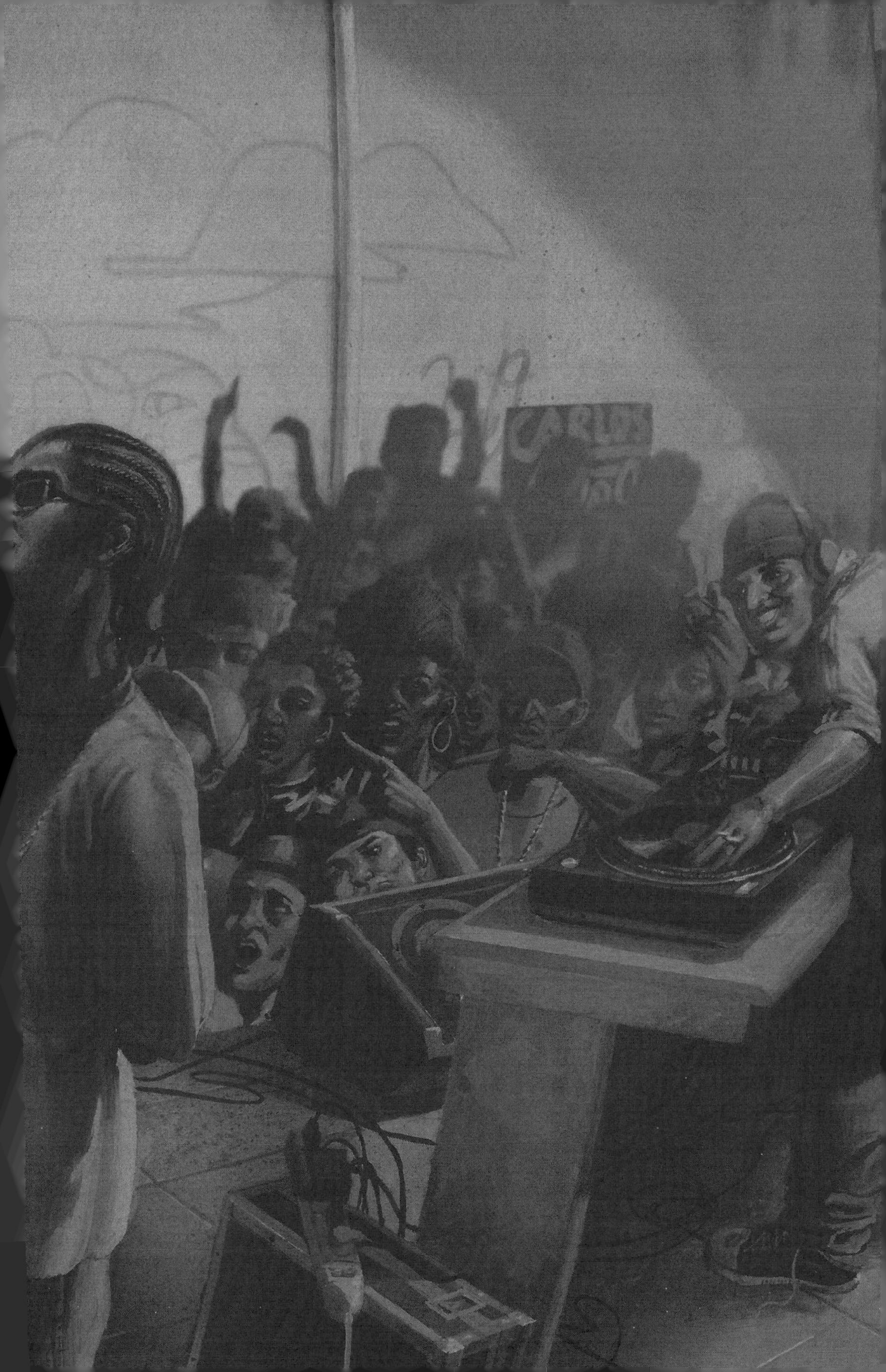

LARISSA PALMIERI

Natural de São Caetano do Sul, é publicitária e pós-graduada em Gestão do Design na Belas Artes. Publicou nas coletâneas da Editora Draco: *Space Opera em Quadrinhos*, *Periferia Cyberpunk*, *Na Quebrada* e *Delirium Tremens de Edgar Allan Poe*. Lançou de maneira independente as HQs *Hacking Wave* e *Gynoide*, além de ter participado da primeira edição da revista *Sinistra*. Site larissapalmieri.com.br larissapalmeiri@gmail.com

VITOR FLYNN

Paulistano formado em Artes Plásticas e Ciências Sociais, atua profissionalmente como ilustrador, designer gráfico e quadrinista. Desde 2013, mantém o blog *Quadrinhos B*, no qual posta HQs curtas com divagações desimportantes e pirações narrativas. Em 2016, publicou pela Editora Elefante seu primeiro álbum, *Xondaro*, sobre a luta dos Guarani Mbya de São Paulo pela demarcação de seu território. Atualmente, está terminando sua segunda HQ, *A noite*, adaptação do conto de suspense de Guy de Maupassant.
Site quadrinhosbe.wordpress.com

JARDIM ZAÍRA, MAUÁ, 2070.
BOMBZ
AÍ, BOMBZ, FIRMEZA?
BGIRL MARCELA! VEIO DAR UMA GERAL?
TAMBÉM, MAS QUERO MOSTRAR PRO RÊ O RESULTADO DO TRAMPO.
MIGA, O TRAMPO DO BOMBZ TÁ FODA.
VALEU, MANO. MANDEI BEM, NÉ?
SIM. MAS FIQUEI TENSO. IMAGINA SE COMPLICA?
TÁ TIRANDO? MEU TRAMPO E O MATERIAL DO PASTOR SÃO COISA FINA, NÉ, PRINCESA?

PODE CRER, BOMBZ. FIZ COM VOCÊS POR CONFIANÇA.
ESSAS PEÇAS CONTRABANDEADAS, É EMBAÇADO...
AH, PARA DE RAMELAR, RENATO. VIROU SANTO?
NEM O PASTOR DIGUINHO É SANTO.
VOCÊ VENDEU A ALMA COM ESSAS PRÓTESES. TÁ LIGADA NISSO, NÉ?
EU VOU RESOLVER ESSA PARADA DA GRANA, RENATO.
ALÉM DE REALIZAR MEU SONHO DE SER BGIRL NO MINA DA LATA.
AH, É ASSIM QUE VOCÊ VAI PAGAR SUA DÍVIDA?
SIM.
MAS E SE CÊ NÃO GANHAR?
TÁ TIRANDO? SOU A ZICA DA QUEBRADA.
MELHOR DA QUEBRADA?
DESDE QUANDO VOCÊ DECIDE ISSO?

— MINA DA LATA... FIQUEI SABENDO DESSE CONCURSINHO DE BREAK AÍ.

— 20 MIL PRA VENCEDORA.

— E UM HOLOCLIPE.

— FAMA, SUCESSO E DINHEIRO. SONHO DOS DESGARRADOS DO REBANHO DE DEUS.

— DEUS TEM PLANOS MAIORES PRA VOCÊ, MARCELA.

— DEUS OU VOCÊ?

— DEUS FALA ATRAVÉS DE MIM.

"PORQUE VÓS, IRMÃOS, FOSTES CHAMADOS À LIBERDADE. NÃO USEIS, ENTÃO, DA LIBERDADE PARA DAR OCASIÃO À CARNE, MAS SERVI-VOS UNS AOS OUTROS PELO AMOR."

AS SUAS PRÓTESES SERVEM PRA IGREJA VER QUE ENCONTRAMOS O CAMINHO, A VERDADE E A VIDA ETERNA, MARCELA.

NÃO FODA MEUS PLANOS COM SEUS SONHOS DE ARTISTA.

VOCÊ NÃO VAI SE LIVRAR DE MIM TÃO FÁCIL.

ENFIM. BOMBZ, TEM CARREGAMENTO CHEGANDO AÍ.

DAMARES VAI CHEGAR COM AS OFERTAS DE DOMINGO PRA COBRIR.

EU AJEITO A FITA AÍ.

CARALHO!

DUAS SEMANAS DEPOIS...
É HOJE, IRMÃOZINHO!
MANA, TEM CERTEZA?
CLARO! RÊ, ESSE CONCURSO É O ESQUEMA.
É A CHANCE DA MINHA VIDA.
JÁ FIZEMOS COISA PRA PORRA JUNTOS.
POR ISSO QUE VOU TENTAR, MANO.
SEI QUE CÊ TÁ TENSO COM O QUE PODE ACONTECER.
MAS EU E VOCÊ, A GENTE TOMBA O DIGUINHO. JUNTOS.

MEU CORPO, MINHAS REGRAS

ROTEIRO: LARISSA PALMIERI
ARTE: VITOR FLYNN

— QUE FRASE É ESSA?

— LI NA INTERNET. AS MINA NO COMEÇO DO SÉCULO QUE FALAVA.

— AS FEMINISTAS? TÔ LIGADO.

— PELO MENOS PRA MIM AINDA TÁ VALENDO.

BEM-VINDO AO CONCURSO MINA DA LATA
VISH.
BORA LÁ PRA TRÁS, MANO. LOGO, LOGO, É A MINHA VEZ.

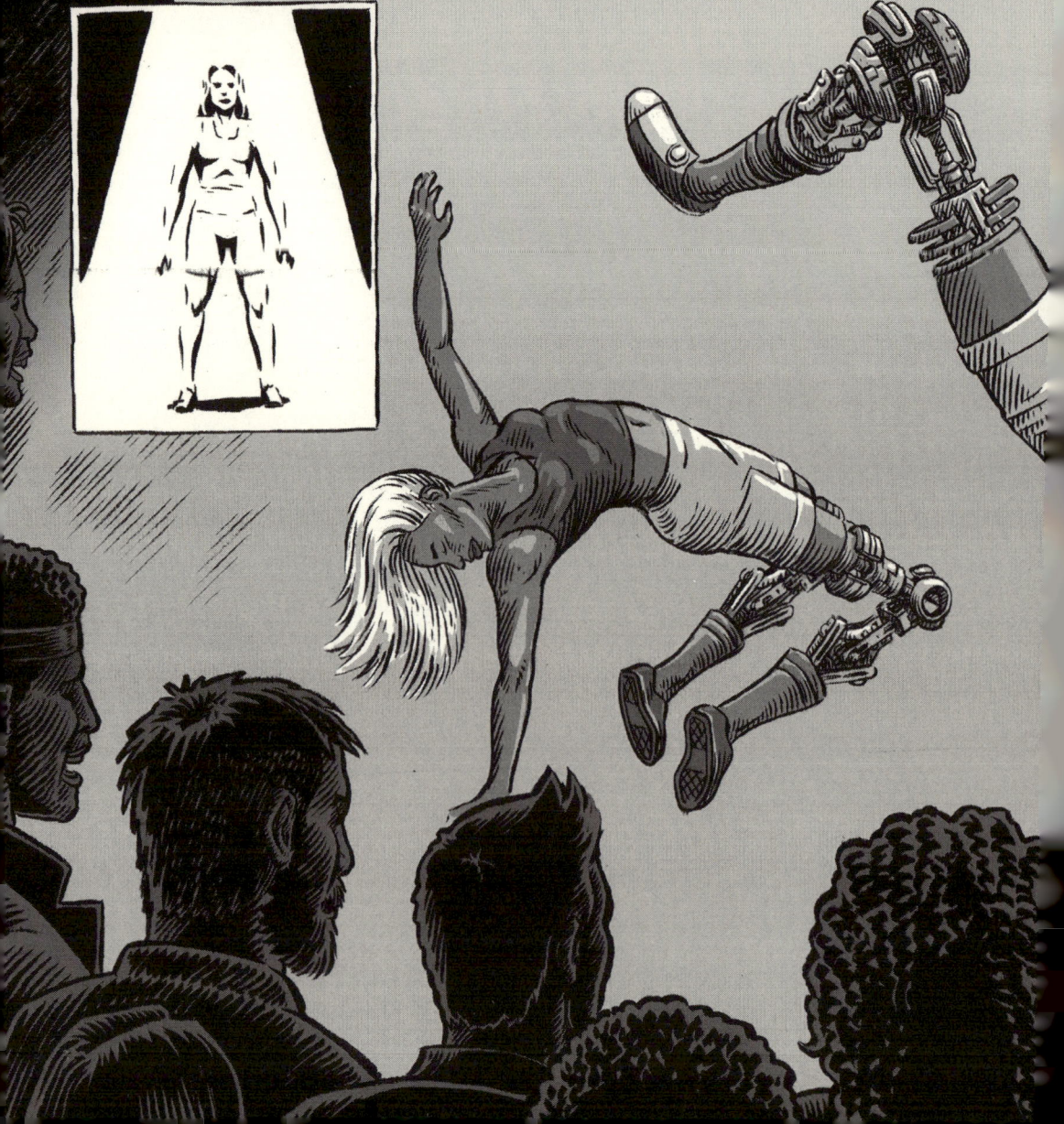

| VAI DAR TUDO CERTO, MANA. ACREDITA. | E A PRÓXIMA CANDIDATA, DO JARDIM ZAÍRA, AQUI MESMO DE MAUÁ, É A BGIRL MARCELA! | BOA SORTE! O FUTURO COMEÇA AGORA, MOLECOTE... |

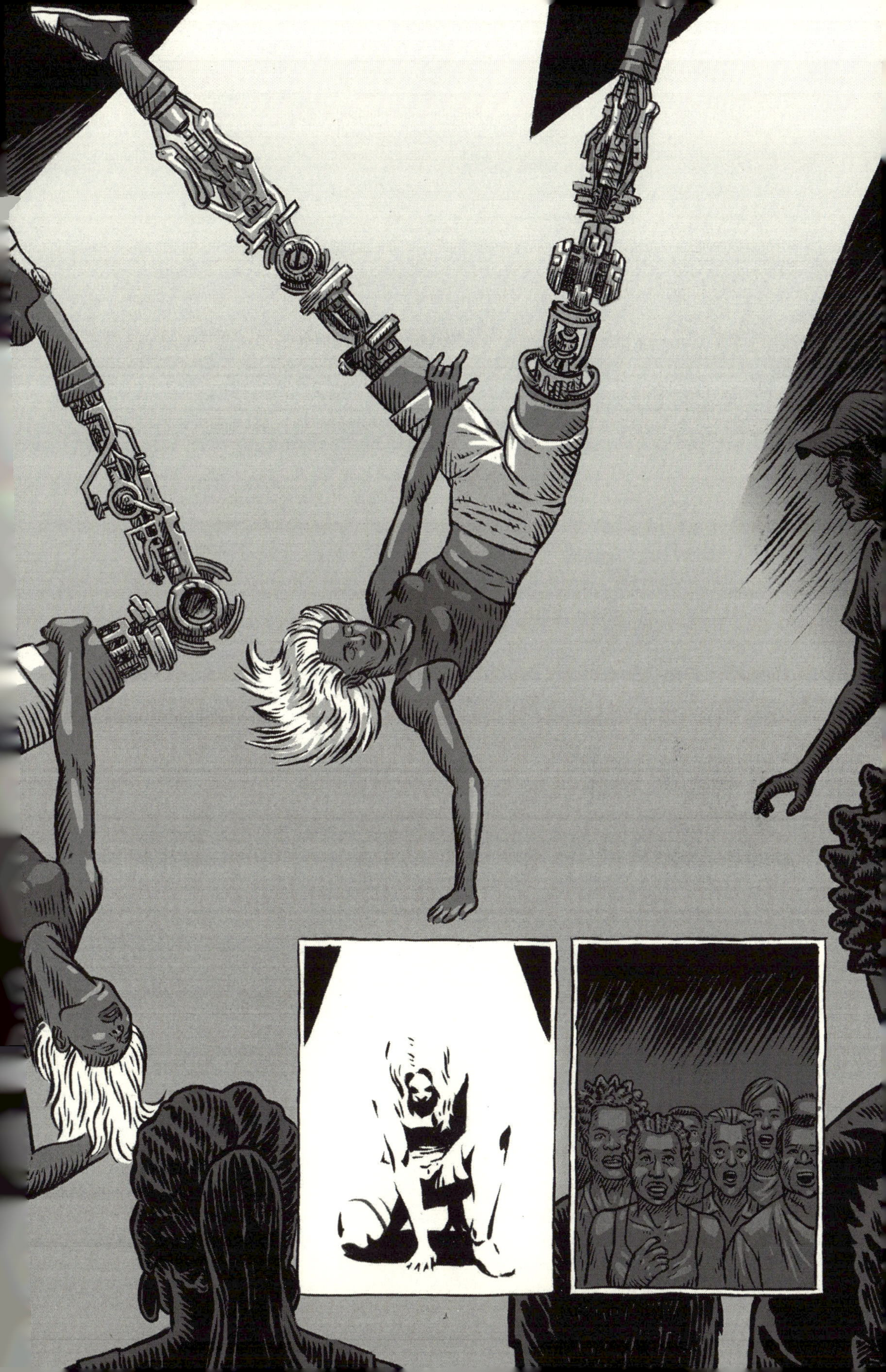

EITA, DEU RUIM PRO MEU...

MALUCO!

QUE FITA É ESSA, TIO?

JÁ GANHOU!

FOI MUITO FODA!

EU CONSEGUI! EU NÃO ACREDITO!

MARCELA MARCELA MARCELA

APROVEITA A FESTA, TRAÍRA. NÃO VAI DURAR MUITO.

ALGUNS DIAS DEPOIS...
E AÍ, RÊ!
NOSSA, O ENSAIO REPRESENTOU DEMAIS, NÉ NÃO?
O DIGUINHO? JÁ PAGUEI, SIM.
TÔ LIVRE DAQUELE CAPETA.
OLHA, MAMÃE, A MARCELA!
PERAÍ, RENATO.
E AÍ, GATINHA, TUDO BOM?
NÃO FALA CA MINHA MENINA.
POR QUÊ?
CÊ É UM DEMÔNIO, GAROTA.
TEU LUGAR É NO INFERNO.
RENATO! CÊ OUVIU ISSO?
QUE MERDA É ESSA?

NO MESMO DIA, NÃO MUITO LONGE DALI...
O QUE ELE ESPERA DE NÓS COMO O SEU CORPO?
HÁ ESPAÇO NA SUA GLÓRIA PARA QUEM ENFRENTA A CRIAÇÃO?
A BLASFÊMIA ESTÁ AQUI NO ZAÍRA, IRMÃOS.
PRÓTESES CONTRABANDEADAS PRA MODIFICAR O CORPO.
A MENINA GANHOU ATÉ CONCURSO!
DEUS SE AGRADA, IGREJA?
ALTERAR O MAIS IMPORTANTE QUE O SENHOR NOS DEU?
A IMAGEM DE BABALON, DE JEZEBEL...
ESTÁ ANDANDO ENTRE AS NOSSAS FAMÍLIAS.
TÁ REPREENDIDO, EM NOME DE JESUS!
VAMOS COMBATER A MALDIÇÃO, IGREJA!
FAZER VALER A PALAVRA DE DEUS!
ALELUIA! GLÓRIA A DEUS! LOUVADO SEJA O SEU NOME!

TODA HONRA E GLÓRIA A JESUS!

IGREJA COR... ...O SENHOR

MIGA, PRESTA ATENÇÃO.

TÁ ROLANDO UMA FITA MUITO ESQUISITA AQUI.

TÁ LIGADA NO QUE ACONTECEU MAIS CEDO?

O PASTOR DIGUINHO TÁ TE FRITANDO NO CULTO, MANO.

FRITANDO COMO?

FALANDO QUE CÊ É AMALDIÇOADA, QUE NÃO É DE DEUS.

ENTÃO É ISSO...

RÊ, SEGURA AÍ.

TÔ INDO RESOLVER ESSE B.O.

MANO, CALMA! NÃO FAZ BESTEIRA!

FODEU...

SENHOR DEUS E PAI, VENHO DIANTE DA SUA PRESENÇA LHE PEDIR QUE NOS PROTEJA DAS MÁS INFLUÊNCIAS DA TECNOLOGIA, DA MODERNIDADE. QUE O SENHOR POSSA SALVAR NOSSAS FAMÍLIAS DE ABERRAÇÕES COMO A MARCELA, QUE A NOSSA COMUNIDADE SEJA...
CHEGA!!!
PARA DE FALAR DE MIM COMO UM MONSTRO!
ESPÍRITO DE JEZEBEL!
SAI DAQUI! EM NOME DE JESUS!

JEZEBEL!

BESTA DO APOCALIPSE!

VOCÊ É A NOSSA DESGRAÇA!

HABALABASHURIA HABASHEIA!

DEUS ESTÁ ENTRE NÓS!

MARCELA!!!

SOLTA ELA!

GLÓRIA A DEUS!

NÃO TENTE IMPEDIR A VONTADE DE DEUS!

ISSO É LOUCURA! CÊS TÃO PIRADOS!

QUEIMARÁS NO INFERNO!

EU TE AVISEI. AGORA VOCÊ VAI VER.

ISSO AQUI, Ó. NÃO É COISA DE DEUS, NÃO.
DEUS SE AGRADA DE ALGO TÃO DESGRAÇADO?
ESSAS PERNAS AÍ, FORAM QUANTOS SALÁRIOS MÍNIMOS?
QUE SIRVA DE EXEMPLO PRA TODA A COMUNIDADE.
CARALHO. ESSES CRENTE TÃO LOUCO.
MANO... NUNCA FUI FEITA DE LIXO COMO HOJE...
EU TENTEI TE TIRAR DE LÁ, MAS NÃO DEU.
EU FILMEI TUDO.
ISSO NÃO VAI FICAR ASSIM, TÁ LIGADO?
VAMO JOGÁ A MERDA NO VENTILADOR.

ALGUMAS SEMANAS DEPOIS...
ENTÃO FOI AQUI QUE TUDO ACONTECEU?
SIM. UM DOS DIAS MAIS DIFÍCEIS DA MINHA VIDA.
DEPOIS DO EPISÓDIO, A BGIRL PROCUROU A POLÍCIA. FIÉIS FORAM INDICIADOS POR INCITAÇÃO À VIOLÊNCIA E ASSÉDIO MORAL. O PASTOR FOI PRESO POR CONTRABANDO, LAVAGEM DE DINHEIRO, ALICIAMENTO E ASSÉDIO. A IGREJA FOI FECHADA.
VOCÊ SENTE QUE A JUSTIÇA FOI FEITA, MARCELA?
EU ACREDITO QUE SIM.
MAS MESMO ASSIM TÔ PASSANDO UM TEMPO FORA DAQUI.
ISSO SE DEVE TAMBÉM AO SEU SUCESSO, CERTO?
SIM, TÔ CADA VEZ MAIS FAZENDO SHOWS.
FUI CHAMADA ATÉ PRA NOVA YORK.
QUER DEIXAR UMA PALAVRA PRA QUEM TE ASSISTE?
CLARO. NÃO FOI FÁCIL, PASSEI POR PRECONCEITO.
MAS HOJE TÔ FORTALECENDO O BREAK, LEVANDO O ZAÍRA PRO MUNDO.
RESOLVI SER DIFERENTE COM AS PRÓTESES.
NÃO GOSTARAM. MAS VÃO TER QUE ME ENGOLIR.

MESES DEPOIS, NA PRISÃO...
MEU CORPO, MINHAS REGRAS.
DESGRAÇADA!
NÃO ACABOU, MANO.
TENHO MAIS UMA PARADA PRA TE CONTAR.
ELA TÁ COM TANTA GRANA QUE COMPROU O GALPÃO DA IGREJA.
PRA QUÊ?
PRA ABRIR UMA BALADA.
VAGABUNDAAAAA!

TÁ TUDO NO JEITO.
SERÁ QUE A GALERA VAI CURTIR?
SÉRIO, MANO?
GALERA TÁ DOIDA PRA ENTRAR.
GERAL QUER ESTAR NA MESMA PISTA QUE VOCÊ.
VOCÊ É A BGIRL BIÔNICA DO ZAÍRA, MANO.
É ISSO AÍ!
BORA COMEÇAR ESSA FESTA!
BOOM BOOM BOOM

BEM-VINDOS AO TEMPLO DO BREAK!
NÃO IMPORTA O QUE VOCÊ É, AQUI SÓ IMPORTA UMA COISA:
DANÇAR!
UHUUL!
MARCELA MARCELA MARCELA MARCELA

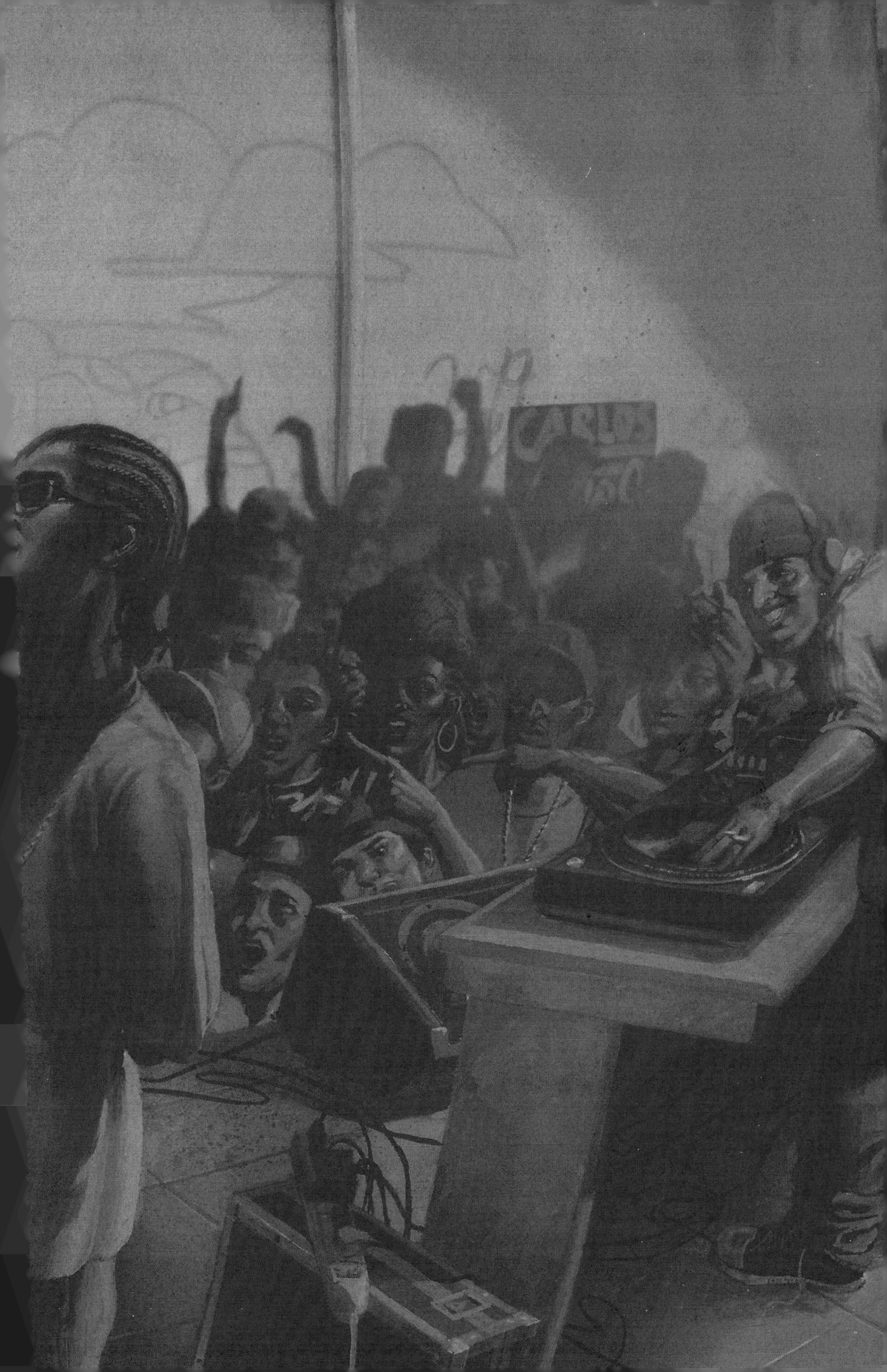

FELIPE CAZELLI

Filósofo e mestrando em Ciências das Religiões, pesquisando a experiência do Sagrado nas Histórias em Quadrinhos. Professor de Filosofia e Sociologia, escritor, poeta, mago do caos, cavaleiro Jedi, profeta do apocalipse e Papa da Discórdia. Editor e roteirista do *Almanaque Gótico*, indicado ao HQMix de 2012 na categoria Publicação Independente de Grupo. Em quadrinhos, publicou *Signo de Câncer*, com Abel, e participou da coletânea *Imaginários em Quadrinhos v. 2* da Editora Draco.
Site medium.com/@felipecazelli

MARC WESLLEY

Ilustrador e quadrinista que estuda desenho desde seus 12 anos, um pouco antes de conhecer o grande Tex Willer e se apaixonar pela arte sequencial. Este é o seu primeiro trabalho publicado, e agora se prepara para novos desafios não apenas nos quadrinhos.
Instagram @marc_weslley

TEM UNS CARA AÊ QUE FALA QUE O SER HUMANO É TUDO UM BICHO SÓ.

QUE NÓIS MORA TUDO NA MERMA CIDADE, TODO MUNDO JUNTO.

NADA A VÊ ESSES PAPO AÊ, TRUTA.

A VERA É QUE A CIDADE É TIPO UMA CEBOLA, TÁ LIGADO?

TEM UM MONTE DE CAMADA.

ACONTECE TUDO JUNTO, SÓ QUE É SEPARADO.

E QUEM TÁ NAS CAMADA DE CIMA NÃO ENXERGA QUEM TÁ NAS DE BAIXO.

AH, SEUS MULEQUE! CÊS VÃO VER UMA COISA!

OU, SE ENXERGA, VÊ IGUAL AS MINA VÊ BARATA.

UM BICHO ASQUEROSO QUE CÊ TEM QUE PISAR EM CIMA, TÁ LIGADO?

> E NÃO VOLTEM MAIS AQUI, SEUS FILA DA PUTA!

> MAS O BAGUIO AQUI É OUTRO, TRUTA.

> NA QUEBRADA, A VIDA É LOKA.

UM CONTO DE DUAS CIDADES

ROTEIRO: FELIPE CAZELLI ARTE: MARC WESLLEY

O PIXO VAI ESPALHANDO PELA CIDADE DE CIMA.

ELE VAI ENTRANDO NA VIDA DOS MAGNATA, PRA ELES VÊ QUE NÓIS NUM É IGUAL BARATA, NÃO.

NÓIS BRIGA DE VOLTA. E VAI MARCANO TERRITÓRIO.

MOSTRANO QUE NÓIS TÁ AQUI.

E NUM DÁ PRA SE LIVRAR DE NÓIS, NÃO.

> DEU TRETA UNS TEMPO ATRÁS, QUANDO OS MANOS COMEÇARO A DIVIDIR A CIDADE ENTRE OS GRUPOS.

LEGENDA
- MOLOKOS
- RHIPIDON
- OUTROS

> PERDERO A NOÇÃO DO INIMIGO COMUM E PARTIRO PRA BRIGA ENTRE ELES.

> A COISA DEIXOU DE SER SÓ UNS PORRADERO ENTRE OS MANOS...

> ...QUANDO COMEÇOU A MORRER GENTE.

AÍ VIROU GUERRA.

ERA A DESCULPA QUE ELES PRECISAVA PRA ENQUADRAR A GENTE.

AINDA ASSIM, A POLÍCIA SÓ PEGAVA NÓIS QUANDO DAVA TRETA.

ELES ENTRAVA NA TRETA E PRONTO, CABAVA COM A FESTA.

ENFRAQUECEU O MOVIMENTO, MAS NÃO MATOU, PORQUE ATÉ TINHA UM EQUILÍBRIO.

Polícia

ATÉ QUE DEU UMA MERDA QUE MUDOU TUDO.

MARCÃO, ACORDA!

SAI FORA, MANO! TÔ DORMINDO, SE LIGA!

É SÉRIO, MARCÃO, ACORDA AÍ, PORRA.

ASSISTE ESSA MERDA AÍ. É SÓ DAR O PLAY.

EM CAMPANHA, NÓS PROMETEMOS LIMPAR ESTA CIDADE.

QUEM FAZ PROMESSA E NÃO CUMPRE É POLÍTICO. EU NÃO SOU POLÍTICO, EU CUMPRO MINHAS PROMESSAS.

É AQUELE MAURICINHO QUE VIROU PREFEITO?

NÓS VAMOS COMEÇAR COMBATENDO ESSA PRAGA QUE INFESTA NOSSA CIDADE, QUE É A PIXAÇÃO.
NOSSA PRIMEIRA AÇÃO É PASSAR TINTA POR CIMA DESSES ATOS DE VANDALISMO, COM O OBJETIVO DE RESGATARMOS A BELEZA DA NOSSA CIDADE.
NOSSOS POLICIAIS ESTÃO SENDO TREINADOS E INSTRUÍDOS A COMBATER ENERGICAMENTE ESSES MARGINAIS, DE FORMA ATIVA E PREVENTIVA.
COMEÇA AQUI NOSSA CAMPANHA "CIDADE BELEZA". UMA CIDADE MAIS BONITA PARA TODOS NÓS.
CÊ VOTOU NESSE FILHO DA PUTA, NEGO VÉIO?
NEM FODENDO. TÁ LOCO, MARCÃO?

— FALOU, MANO. ESSA PARADA AFETA TODO MUNDO.

— EU NÃO TÔ OUVINDO O QUE CÊS TÃO DIZENDO.

— A IDEIA É A GENTE SENTAR PRA CONVERSAR COM OS CARAS. FALEI, DIMENOR?

— CÊS FICARO LOCO? OS CARA MATARO O FUZUÊ, MANO!

— PORRA, TAMBOR. E NÓS MATAMO AQUELE CARA DELES, O...

— ISSO.

— CARRANCA, EU ACHO.

— E ELES MATARO O FILÉ DEPOIS DISSO.

— E NÓS MATAMO OUTRO MALUCO DELES LÁ, MANO, UMA HORA ISSO TEM QUE PARAR.

— E A HORA É AGORA. OU A GENTE SE JUNTA, OU VAI TODO MUNDO PRA VALA.

— E TU, PALMITO? ACHA O QUÊ?

— ACHO NADA, MANO. O QUE ROLAR, TAMO JUNTO.

— ENTÃO JÁ É.

— ENTÃO, VAI EU E MAIS QUEM?

— AMANHÃ, EU E O TAMBOR TAMO NO TRAMPO. NEM TEM COMO.

— CONTA COMIGO.

— CHAMA O BIXÃO. CERTEZA QUE ELE TOPA.

— LEMÃO... VÊ QUANTO DEU AÍ.

— FECHOU. EU, PALMITO E BIXÃO...

"...AMANHÃ A GENTE VAI ENCONTRAR O XERIFE".

QUEM É DO PIXO TRANSITA NA CIDADE POR MEIOS TORTOS. IGUAL DEUS ESCREVENDO NAS LINHAS, TÁ LIGADO?

E LÁ VIERO ELES FALAR COMIGO.

RHIPIDON
XERIFE!!
CÊS DEVE TÁ COM MUITA VONTADE DE MORRER.
A GENTE NÃO QUER TRETA. SÓ PRECISAMOS TROCAR UMA IDEIA COM O XERIFE.
SUA SORTE É QUE XERIFE É SAGAZ E TAVA LIGADO QUE CÊS IAM APARECER.
CHEGA MAIS, DÁ NADA NÃO.

ENTRA AÊ, ELE TÁ ESPERANDO.

ENTÃO VOCÊ É O XERIFE?

NUM TÁ VENDO A ESTRELA NO MEU PEITO?

SENTA AÊ, FICA À VONTADE.

ENTÃO, MANO... TEU CAMARADA ALI DISSE QUE CÊ SABIA QUE A GENTE VIRIA.

É ISSAÊ, EU SABIA. E COMO QUE EU SABIA?

QUE ESSA GUERRA ENTRE A GENTE TEM QUE ACABAR PORQUE AGORA A GENTE TEM UM INIMIGO EM COMUM?

AGORA? NÃO, GURIA...

CERTEZA QUE UM DE VOCÊS IA PENSAR DO MESMO JEITO QUE EU.

O INIMIGO SEMPRE TEVE AÍ. É POR ISSO QUE NÓIS FAZ O QUE FAZ, TÁ LIGADA?
ESSA TRETA NOSSA NEM ERA PRA TER COMEÇADO.
ESSE MAURICIM AÍ NÃO É NADA DE NOVIDADE.
É SÓ O BOM E VELHO ÓDIO DOS DE CIMA COM OS QUE TÃO EMBAIXO.
CÊS VIERO FALAR COMIGO, MAS NEM PRECISA FALAR NADA.
EU TÔ LIGADO NO QUE PRECISA SER FEITO. AJEITA UMA REUNIÃO COM O MARCÃO LÁ.
NÓS VAMO DÁ UMA RESPOSTA PRAQUELE FILHO DA PUTA.
TREVOSO, TENHA A GENTILEZA DE LEVAR MEUS TRUTA AQUI EM SEGURANÇA ATÉ O TREM.
SE EU SOUBESSE QUE IA SER FÁCIL ASSIM, TINHA VINDO ANTES.

ENTÃO É AQUI QUE A GENTE FAZ AS PAZES?
TAMOS DE BOAS?
FICA TRANQUILO. É IMPORTANTE ENTENDER O QUE TÁ EM JOGO AQUI.
ENTÃO FORMÔ.
TODO MUNDO ENTENDEU O PLANO, NÉ?
"ENTÃO É A HORA, RAPAZIADA..."

"...VAMO TOCAR O TERROR".

...AÍ EU TORCI O BRAÇO DELE PRA TRÁS E SENTI ESTALAR.

TINHA QUEBRADO?

TINHA. ELE CHORAVA IGUAL CRIANÇA.

QUE PORRA TÁ ACONTECENDO ALI?

ALERTA DE EMERGÊNCIA! TODO MUNDO PRA FORA!

RÁPIDO, DENTRO DAS VIATURAS! EM PERSEGUIÇÃO!

AGORA É NÓIS.

VOLTEM TODOS, É UMA DISTRAÇÃO! ELES ESTÃO ATACANDO A PREFEITURA!

CRIIINCH!

PUTA QUE PARIU, MAS QUE MERDA.

NUM FOI NÓIS QUE DECLARAMO GUERRA, FORO ELES.

ACHO QUE PENSARO QUE NEM GUERRA ERA.

PENSARO QUE ERA EXTERMÍNIO.

MAS É COMO EU FALEI, MANO. NÓIS NUM VAMO ACEITAR QUIETO, NÃO.

ELES PODE ATÉ FINGIR QUE NÓIS NUM EXISTE.

MAS NÓIS FAZ O FAVOR DE LEMBRAR.

E AGORA É GUERRA, NÉ, TRUTA? NÓIS VAI TRANSBORDAR NA CIDADE DE CIMA IGUAL ÁGUA DA CHUVA EM BUEIRO ENTUPIDO.

E AGORA NÓIS TÁ MAIS FORTE.

ESSA TRETA TÁ SÓ COMEÇANDO.

FIM

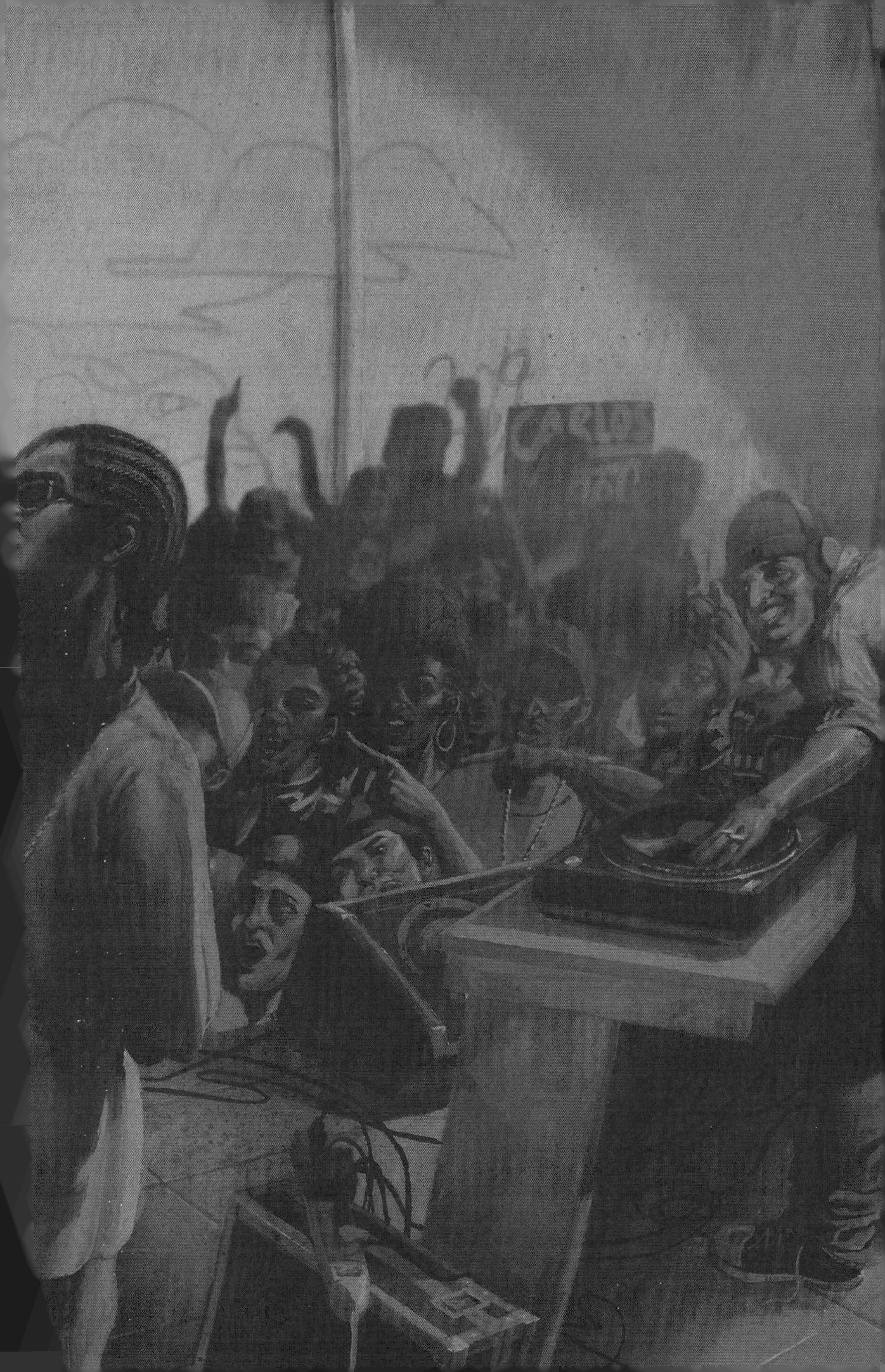

ALESSIO ESTEVES

Gestor de projetos, roteirista e dono de sebo, mas isso já pode ter mudado. Sua estreia foi no *Gibi Quântico 1*, em 2014. Pela Editora Draco, participou de diversas coletâneas e escreve o mangá funkeiro de fantasia *Zikas*, junto com o Raphael Fernandes. O primeiro álbum de rap que ouviu foi *Raio X Brasil*, dos Racionais MC´s. Fã de café e conhaque, juntos ou separados.
http://www.excelsiorcomics.com.br
Twitter: @leosias

FELIPE SANZ

Geek, viciado em café e boa música, apaixonado por ilustração e quadrinhos. Nasceu no nem tão longínquo ano de 1992 e reside atualmente no interior de São Paulo, na cidade de Bauru.
Apesar de ser formado em Design e trabalhar com Comunicação e Marketing, desenvolveu fobia das redes sociais e dos grupos de família no WhatsApp. Trabalhou outrora com ilustração e animação para games e esta história é sua estreia como desenhista de histórias em quadrinhos.
Site www.felipedesigner.me

ROTEIRO: ALESSIO ESTEVES **ARTE:** FELIPE SANZ

DARRÉU
A LEI DO MUNDO

— CARACA, TÁ AUTOGRAFADO MESMO, TIO!

— AÍ SIM!

— COMO CÊ CONSEGUIU ISSO, BUIÚ?

— MEU PAI FEZ UM TRAMPO EM UMA FESTA QUE ELE TOCOU. ERA BRÓDER DO DONO DO ROLÊ E TAL.

— BAITA SORTE, TIO!

— TEM QUE GUARDAR COM CUIDADO ISSO...

— MEU PAI NEM TRAMPO TEM...

PODE ABRIR?
LOUCO... DA HORA!
QUERIA UM...
QUAL É, TAVINHO? TÁ COM INVEJA PORQUE EU TENHO UM ÁLBUM AUTOGRAFADO E VOCÊ NÃO?
PRIMEIRO QUE ATÉ ONTEM CÊ NEM CURTIA O DARRÉU, OTÁRIO!
SEGUNDO QUE NEM PRECISO DE CD. ELE ME DEU UM BONÉ!
MENTIRA! GERAL SABE QUE O DARRÉU NUNCA DEU BONÉ DELE PRA NINGUÉM!
MENTIRA O CACETE! TENHO UM!
CADÊ ENTÃO? QUERO VER!
BELEZA, VOU PEGAR E AMANHÃ TE MOSTRO, SEU LIXO!

AMANHÃ? VISH... ALGUÉM QUER UM TEMPO PARA UMA MENTIRA OU DESCULPA...
MENTIRA NENHUMA!
ENTÃO ATÉ AMANHÃ! HAHAHAHA!
HAHAHA!
CÊ PIROU, TAVINHO? ATÉ SUA AVÓ SABE QUE NINGUÉM TEM BONÉ DO DARRÉU! NEM PIRATA OS CARAS FAZEM!
TÔ NEM AÍ, LIPE!
NÃO VOU DEIXAR O BUIÚ FICAR PAGANDO DE GATINHO. ELE NEM É FÃ DE VERDADE DO DARRÉU. NÃO MERECE AQUELE CD. DEVIA TER TOMADO DELE.
TÁ, MAS CÊ FALOU QUE TINHA O BONÉ, TIO! E PRECISA MOSTRAR AMANHÃ...
TÔ LIGADO... TÔ LIGADO...

JÁ SEI! A GENTE VAI ATÉ O ESTÚDIO DO DARRÉU DE MADRUGADA E PEGA UM BONÉ!
COMO É? CÊ QUER INVADIR O LUGAR E ROUBAR UM BONÉ?
CARA, CÊ TÁ EXAGERANDO. ELE NEM VAI DAR FALTA DE UM BONÉ. DEVE TER VÁRIOS!
E SE PEGAREM A GENTE?
QUEM VAI PENSAR QUE ALGUÉM DAQUI IA ENTRAR LÁ SEM PERMISSÃO? O LUGAR NÃO DEVE TER NEM GUARDA.
CONFIA EM MIM, VAI SER QUE NEM PULAR MURO PRA PEGAR PIPA OU BOLA!
ME ENCONTRA COM A SUA BIKE NA ESQUINA DA LAN HOUSE ÀS ONZE HORAS!

— ORRA, LIPE! ACHEI QUE NÃO VINHA MAIS!

— AINDA NÃO ACREDITO QUE VOU FAZER ISSO, TIO.

— RELAXA, CARA! VAI SER RAPIDÃO E AMANHÃ É SÓ ALEGRIA!

— CÊ VAI SER BRÓDER DO CARA QUE TEM UM BONÉ DO DARRÉU! AS MINA VÃO PAGAR PAU PRA MIM E PRA VOCÊ!

— PRA VOCÊ, NÉ? TÔ LEVANDO O QUE NISSO?

— TÁ, TIO. ME CONVENCEU.

CHEGAMOS.
E CÊ SABE ONDE É QUE TÃO OS BONÉS?
EU TENHO UMA REVISTA CHEIA DE FOTOS DAQUI. DEI UMA OLHADA ANTES DE SAIR DE CASA.
SÉRIO QUE CÊ CONSEGUIU FAZER ISSO PELA REVISTA?
É. POR QUÊ?
UAU!

— FALA BAIXO AGORA.

— TEM UMA ENTRADA NOS FUNDOS. VEM COMIGO.

— TÁ TUDO PRONTO, DARRÉU! BORA COMEÇAR!

— CACETA! TEM GENTE AQUI!

— VAMBORA! VAMBORA!

— DEIXA DE SER RETARDA...

— O QUÊ?

— PERAÍ, DEIXA EU VER O QUE TÃO FAZENDO...

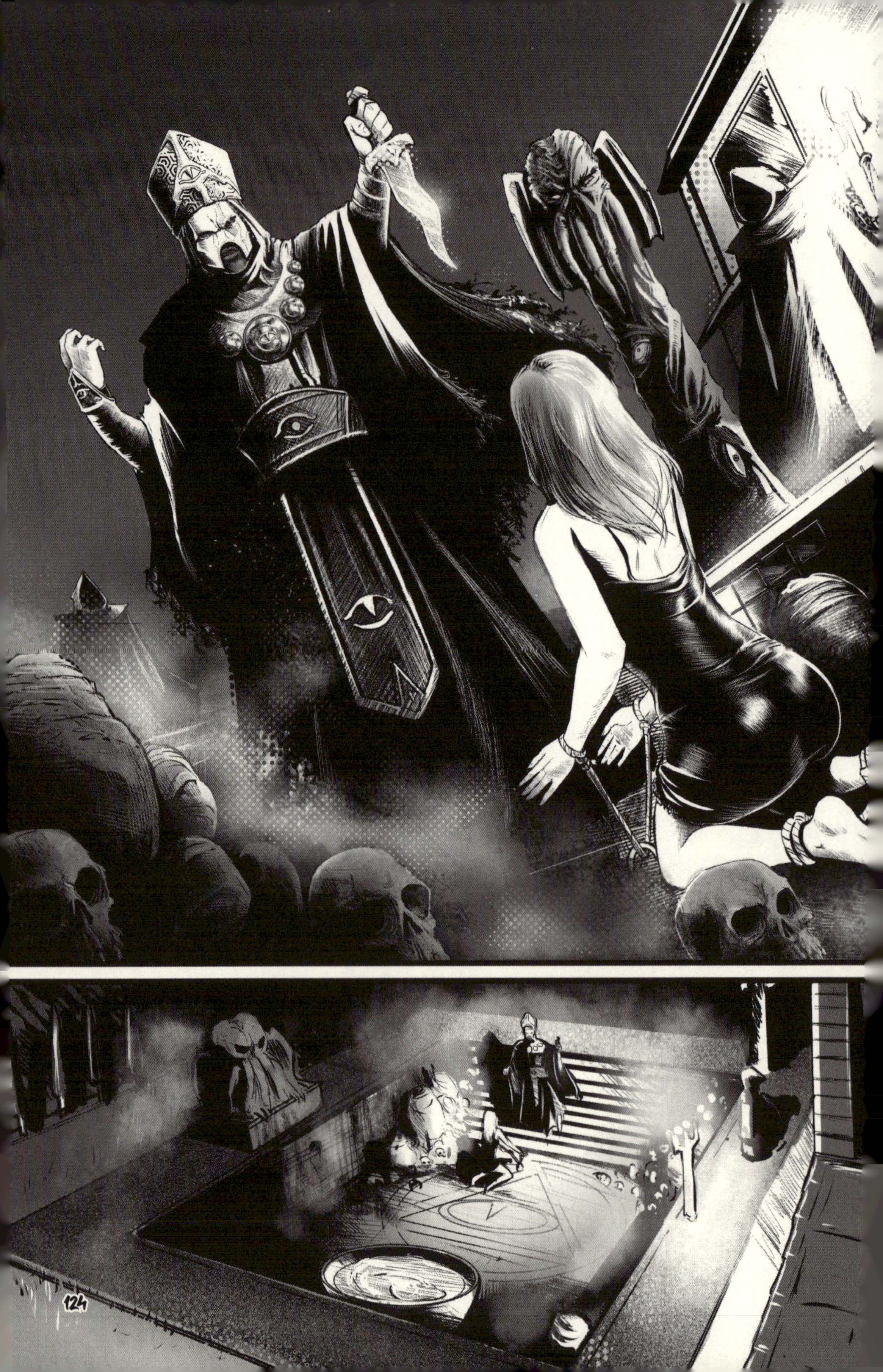

TUDO FAZ SENTIDO AGORA...
DO QUE CÊ TÁ FALANDO?
MEU IRMÃO SÓ VÊ FILME LEGENDADO, TIO. E, TODA VEZ QUE ALGUÉM FALA "UADARRÉU", APARECE ESCRITO "MAS QUE DIABO".
MC "DARRÉU" É NA REAL MC "QUE DIABO"!
CÊ TÁ FALANDO QUE ELE É DO MAL?
É! E ELES VÃO MATAR AQUELA MINA!

EI, VOCÊS! TÃO FAZENDO O QUE AÍ?
EI! VOLTA AQUI!
FERROU!
?
TRANQUEI POR DENTRO. E AGORA?
VOU CORRER E TRANCAR AS OUTRAS!

TUNK
TUNK

O QUE TÁ PEGANDO?

DOIS MOLEQUES TAVAM AQUI DENTRO E ENTRARAM NA CASA.

EU TINHA FALADO QUE NÃO QUERIA NADA ME ATRAPALHANDO HOJE! PEGUE OS MOLEQUES, **CACETA!**

PERDI UM BAITA TEMPO PRA ARRUMAR ISSO, NÃO ACREDITO...

A GENTE PRECISA ACHAR UM LUGAR PARA SE ESCONDER ATÉ SER SEGURO FUGIR, CARA.
NÃO, TIO. A GENTE PRECISA É DAR UM JEITO DE IR LÁ FORA SEM NINGUÉM VER.
TÁ PIRANDO, CARA?
NÃO, NÃO TÔ. TEMOS QUE IR ATÉ A PISCINA E DESAMARRAR A YNARA.
QUE YNARA?
A MINA AMARRADA. É AMIGA DO MEU IRMÃO. LEMBREI DELA AGORA.
NEM A PAU. A GENTE VAI MORRER. EU NÃO VOU!
SE A GENTE FOR EMBORA, A ALMA DELA VAI PRO INFERNO, TIO!
ELA É GENTE BOA, NÃO VOU DEIXAR ISSO ACONTECER.
AH, NÃO. CÊ PAGA PAU PRA ELA!
CALA A BOCA!

ESQUECERAM DE TRANCAR UMA JANELA, SEUS LIXOS!

FOI MAL, TIO...

VAMOS ANDANDO E NINGUÉM SE MACHUCA!

ACHO QUE ELE NÃO TÁ ARMADO.

E DAÍ?

QUE TAL FICAR EM SILÊNCIO?

VAMOS TER QUE SER LIGEIROS.

NÃO, CARA!

AGORA!
BANG
QUÊ?
O QUE TÁ ACONTECENDO? EU QUERO AQUELES DOIS AQUI!

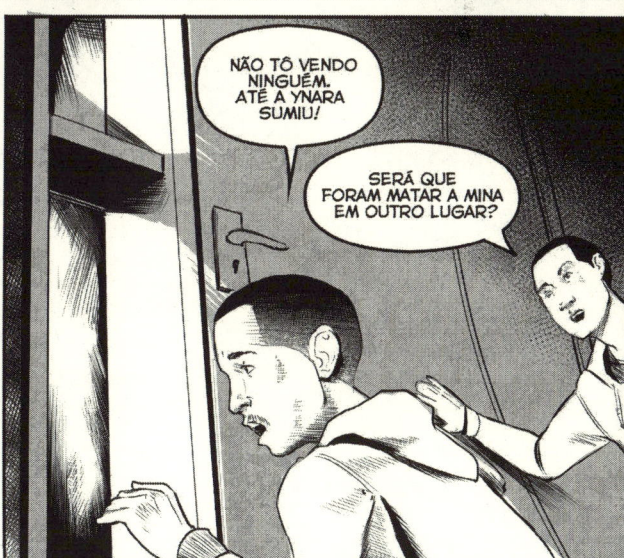

A ARMA DISPAROU SEM QUERER! TÁ TUDO BEM AÍ?

MEU OUVIDO TÁ APITANDO, CARA...

NÃO VAI PEGAR A ARMA?

EU NÃO SEI ATIRAR, E VOCÊ?

ONDE APRENDEU A BATER DAQUELE JEITO, CARA?

IRMÃO MAIS VELHO.

NÃO TÔ VENDO NINGUÉM. ATÉ A YNARA SUMIU!

SERÁ QUE FORAM MATAR A MINA EM OUTRO LUGAR?

E AGORA?

COMO ASSIM, CARA? PENSA EM ALGUMA COISA!

JÁ DEU, NÉ?

— DARRÊU, NÃO MATA A GENTE, POR FAVOR!

— VOU DEIXAR VOCÊS FALAREM, JÁ QUE NÃO PEGARAM A ARMA DO JUCA QUANDO O CAPOTARAM.

— PODEM COMEÇAR.

EU SOU UM BAITA FÃ SEU E QUERIA UM BONÉ PARA FAZER ONDA COM MEUS AMIGOS. COMO CÊ NÃO VENDE, RESOLVI ENTRAR AQUI PARA PEGAR UM.
SÓ QUE A GENTE NÃO SABIA QUE CÊ IA ESTAR AQUI E NEM QUE VOCÊ TRAMPAVA PRO DIABO.
COMO É QUE É?
A GENTE VIU A MISSA DO MAL LÁ E IA TENTAR SALVAR A YNARA PRA ALMA DELA NÃO IR PRO INFERNO.
HA HA HA HA HA HA HA HA HA HA HA HA HA HA HA HA HA HA

HA HA HA HA HA HA HA HA
AI, HEHEHE... SOCORRO...
NÃO TÔ ACREDITANDO NISSO...
ISSO QUE CÊS VIRAM É O ENSAIO DO MEU NOVO CLIPE, MOLEQUES.
MAS... SEU NOME, DARRÉU, NÃO QUER DIZER "QUE DIABO"?
TÁ FALANDO POR CAUSA DA FRASE EM INGLÊS?
GANHEI ESSE APELIDO PORQUE, QUANDO EU ERA CAMELÔ, VENDIA COISAS NO TREM POR "DÉRREAL", SEUS MANÉS.

LIGA PRA POLÍCIA, CHEFE?
DEVIA, NÉ?
FOI TUDO IDEIA MINHA, DARRÉU! LIBERA O LIPE PELO MENOS!
ESSA PRESEPADA DE VOCÊS FOI TÃO BIZARRA QUE TIVE UMA IDEIA MELHOR.
LEVA OS DOIS LÁ PRA FORA.

♪ "SE LIGA NO ESQUEMA. AQUI NÃO É CINEMA." ♪

♪ "TU MEXEU COM O CARA ERRADO. VAI PARAR DO OUTRO LADO." ♪

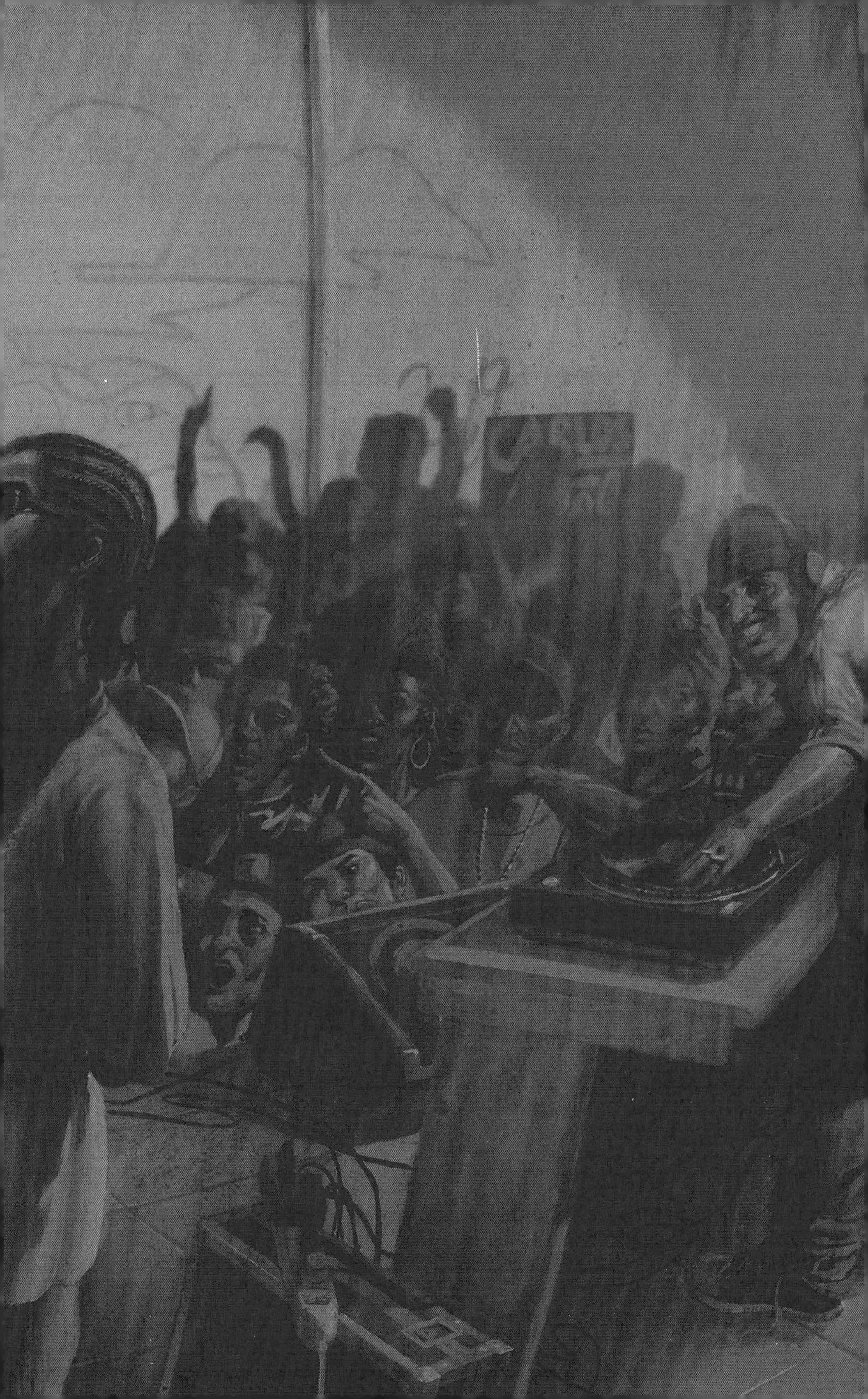

JUJU ARAUJO

Paulistana que, de 2004 a 2006, costumava sair mais cedo do curso de História para assistir batalhas de MC's no centro de SP. Isso a ajudou muito com o uso das palavras. Em 2012, iniciou o curso de roteiro em história em quadrinhos na Quanta Academia de Artes. Escreveu roteiros para as coletâneas *As Periquitas n.1* (Editora Kalaco), *Fome dos Mortos* (Editora Draco), *Gibi Quântico 1* (ganhadora do Troféu HQMIX de 2014) e *Gibi Quântico 2*. Além de ser mãe de uma família divertida.
Instagram @juliana.sousa36

BRAZILIANO

Nascido em Santa Maria, RS, 1981. Grafiteiro, ilustrador e quadrinista. Depois de 15 anos dedicado ao grafite, leva a fluidez dos traços dos muros para o papel. Adentra em 2016 no universo de quadrinhos independentes lançando dois zines, o *THC, LSD e PIXO* e o *BRAZA*. Junto com o coletivo MAZE produz o HQ *Ciclo*. Participou das coletâneas *Space Opera em Quadrinhos* e *Periferia Cyberpunk* da Editora Draco.

OLISSO

ROTEIRO: JUJÚ ARAÚJO
ARTE: BRAZILIANO

DEUS TE PROTEJA, FABIANA, MINHA FILHA!

SEXTA-FEIRA

SUA BENÇÃO, MÃE!? JUMBO* ENTREGUE, VIU?!

JD. GUARAÚ Z/O

Hip Hop com a cara de Sampa!

23:01

2 PAC

(*) JUMBO É O KIT DE MANTIMENTOS QUE OS DETENTOS RECEBEM DE SEUS FAMILIARES.

139

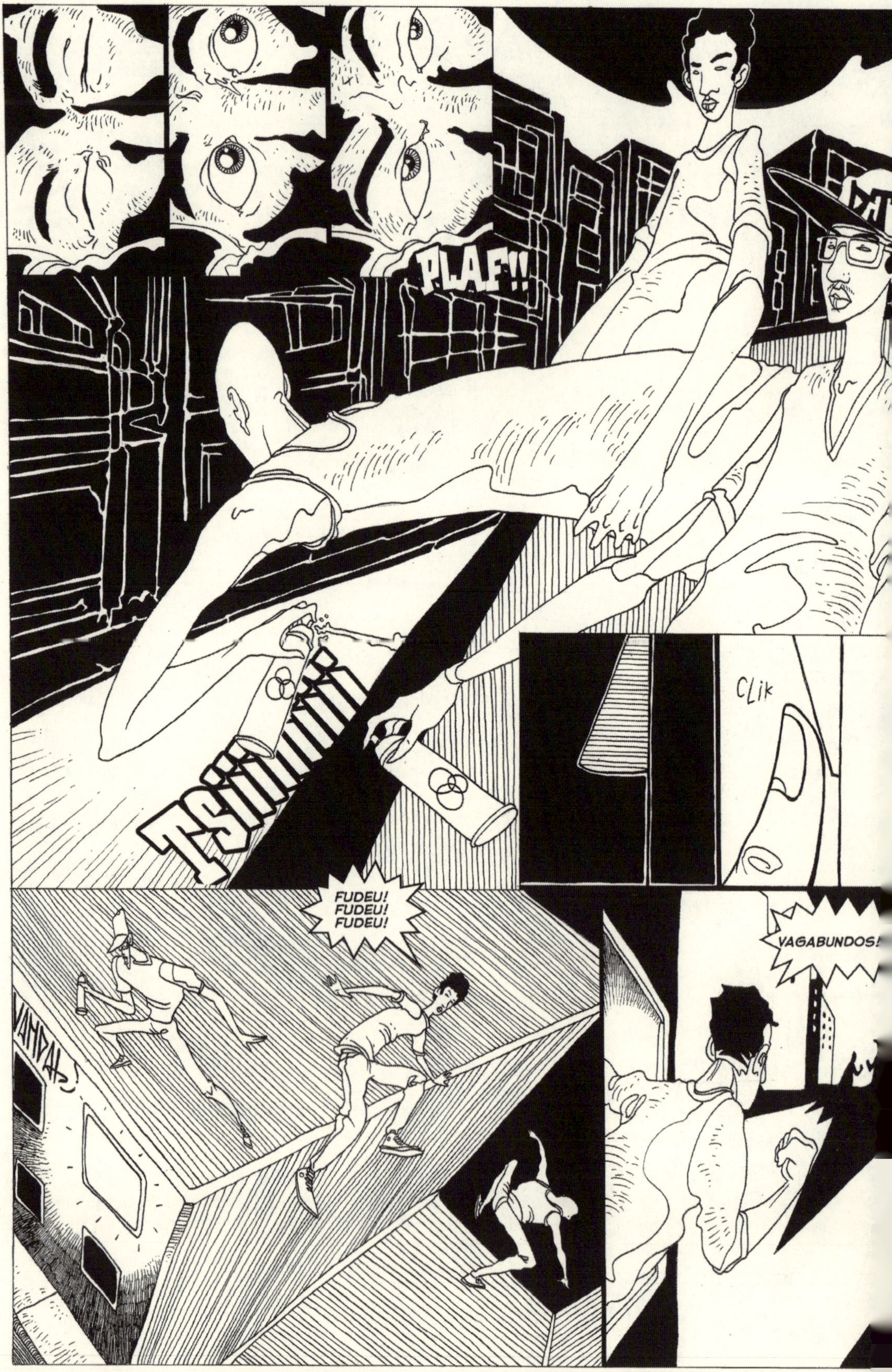
PLAF!!
CLIK
FUDEU!
FUDEU!
FUDEU!
VAGABUNDOS!

ESSA FOI POR POUCO!

NÃO ADIANTA FALAR NADA, NEY! JÁ TENTEI ARRUMAR TRAMPO SÉRIO PRO CARA, MAS ELE SÓ QUER SABER DE ESQUEMA TORTO QUE DÊ GRANA ALTA!

MANO. CHEGA! PRECISO DAS MINHAS PERNAS INTEIRAS PRA TRABALHAR.

OLHAÍ... QUEM VÊ PENSA MESMO QUE VOCÊ TRABALHA, CISCO!

AH, ME ERRA, NEY! NÃO SE METE! VOCÊ ACHA QUE VENDER BALA NO FAROL DÁ FUTURO, CARALHO?!

EU TÔ LIGADO QUE VOCÊ ANDA FAZENDO UNS FITAS ERRADAS, CISCO...

AÍ, MANO! CUIDA DA TUA VIDA, QUE EU TÔ OCUPADO CUIDANDO DA MINHA, FIRMEZA?

SÁBADO

CENTRO DE SÃO PAULO

BORA FAZER TRANÇA NO CABELO, AMIGA?

QUAL A BOA PRINCESA?

OI, NEY!

MANO, NEM TE CONTO!

O GRINGO PIROU NO MEU TRAMPO, COMPROU PASSAGENS PR'EU IR COM ELE PARA O CANADÁ! ACREDITA?

UOOOU, FABIANA!! TAMBÉM, AQUELE DIA FOI LOUCO...

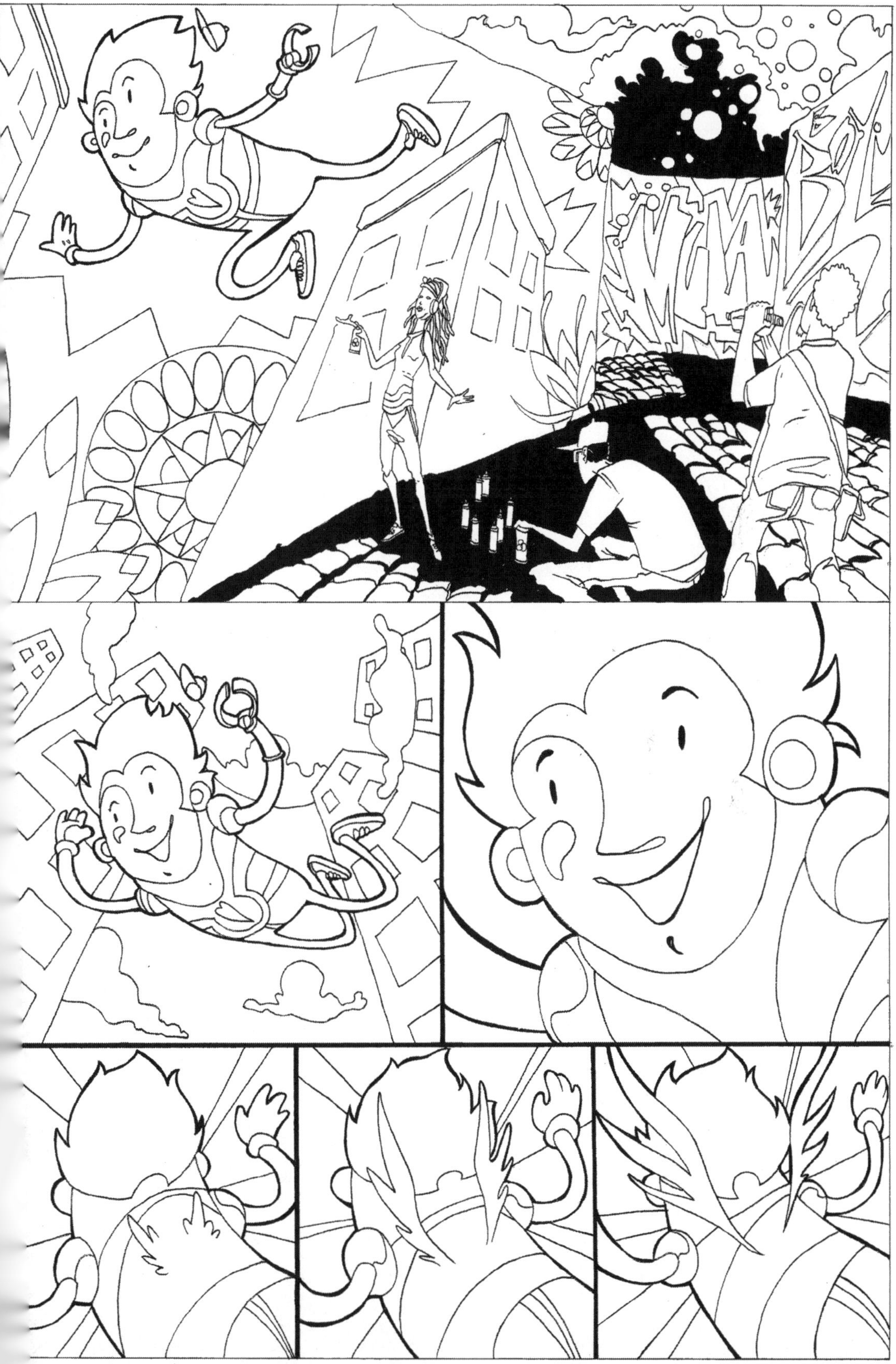

AI, AI, FOI LINDO!
E VOCÊ VAI COM O GRINGO?
JÁ VOLTO
PUTZ! NÃO SEI.
JÁ VOLTO

OI, CISCO! HOJE VOU EXPOR AQUELES GRAFITES QUE FIZ PRA VOCÊ!

AÍ SIM, GATA!

UÉ, NÃO VAI FICAR PRA FESTA? TAMOS AJUSTANDO OS ÚLTIMOS DETALHES, MAS DAQUI A POUCO JÁ CHEGA UMA GALERA.

JÁ VOLTO, SÓ PRECISO RESOLVER UNS BANGUES, MAS À NOITE VOLTO PRA DOMINAR A PISTA!

AE, CISCO! ENTÃO TÁ COMBINADO O ESQUEMA, FIRMEZA?
SE QUISER PASSAR A PERNA EM NÓIS, NEGUIM, TU SE FODE!
A CIDADE TÁ CHEIA DE OLHEIROS DA GENTE!!
BOLSA COM CHAVEIRO DE ESTRELA. JÁ É! DE NOITE, PEGA COMIGO LÁ NO BAILE.
BAIRRO DA LIBERDADE
UM CISCO ATRAPALHA O OLHO DE QUALQUER UM...
AÊ, É HOJE QUE EU GANHO MEU TÊNIS DE MOLAS.
ESSE MANÉ JÁ SACOU O MOVIMENTO, ENTÃO AGORA JÁ ERA. NÃO ADIANTA COÇAR O CISCO, QUE SÓ PIORA.

PRECISO IR, MÃE, É A CHANCE DA MINHA VIDA!
NÃO, PATRÍCIA! NEM PENSAR!
O KOBRA, OS GEMEOS, TODOS ELES COMEÇARAM ASSIM. E, HOJE O MUNDO INTEIRO CONHECE ELES! E EU VOU SER...
...VAI SER PUTA NO EXTERIOR!
NADA A VER, MÃE!
UMA NEGRA LINDA ASSIM, OS GRINGO PIRA. CUIDADO, HEIN, GAROTA!

HIP HOP
HELLO, FABIANA! ESTES SÃO MEUS PARCEIROS QUE AMAR SEU ARTE NO PINHEIROS.
VALEU, GRINGO! PRAZER! QUE BOM QUE CURTIRAM!
GALERIA OLIDO / VITRINE DA DANÇA
VOU TE MOSTRAR UM MUNDO QUE VOCÊ NÃO CONHECE!
HEIIIIII
HOOOOUUUU
HEIIII
AEEEE
CALMA AE, TRUTA, PRECISO GUARDAR A MOCHILA PRA DANÇAR MELHOR!

MANO, QUE BOLADA É ESTA AQUI QUE AQUELE DOIDO TAVA LEVANDO?
CARALHO, COM ESTA GRANA A FABI NEM PRECISA MAIS IR EMBORA.
TÔ RICO, PORRA!!!

NÃO VAI ME PEDIR PRA TOCAR "BAILE DE FAVELA" DE NOVO, NÉ?
NEM, TOCA A FAVORITA DA FABI!
FABI, SE LIGA QUE ESSE SOM É PRA VOCÊ!
CONE CREW DIRETORIA COM "RAINHA DA PISTA"!
Menina, você não sabe o que tu quer
Se é meter o pé ou ser minha mulher

151

JÁ VOLTO, GATA!

MANO, NÃO ACHEI A BOLSA. SEGUNDA-FEIRA EU VOLTO LÁ E TERMINO O SERVIÇO, FIRMEZA?!

TEM CERTEZA QUE VOLTA, NEGUIM?

PAPO RETO!

QUEM ERA, CISCO? O QUE QUE ESSE CARA QUERIA?

QUE HONRA, SEUS DESENHOS PRA MIM!

RESPONDE LOGO QUEM ERA!
ELE SÓ QUERIA ME PAGAR UMA DÍVIDA.
VAMO ALI QUE EU TE MOSTRO!
SACA SÓ, COM ESSA GRANA VOU BANCAR A SUA ARTE!
CUIDADO!
PERDEU, TRAÍRA DO CARALHO!
FLAP!
FLAP!
FLAP!
A GENTE TAVA DE OLHO EM VOCÊ, OTÁRIO!
CISCO! PELAMORDEDEUS! NÃO! CISCOOOOOO!

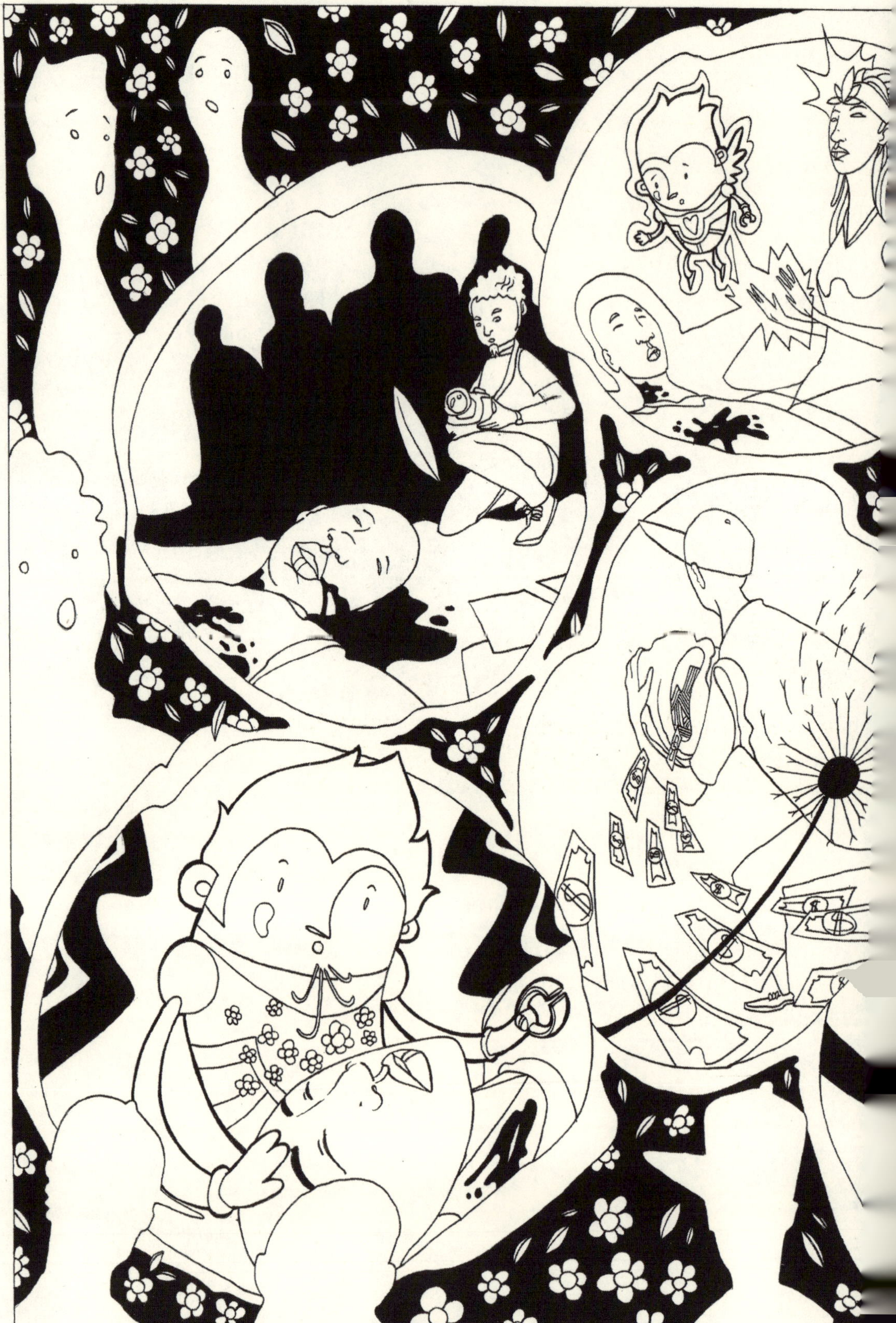

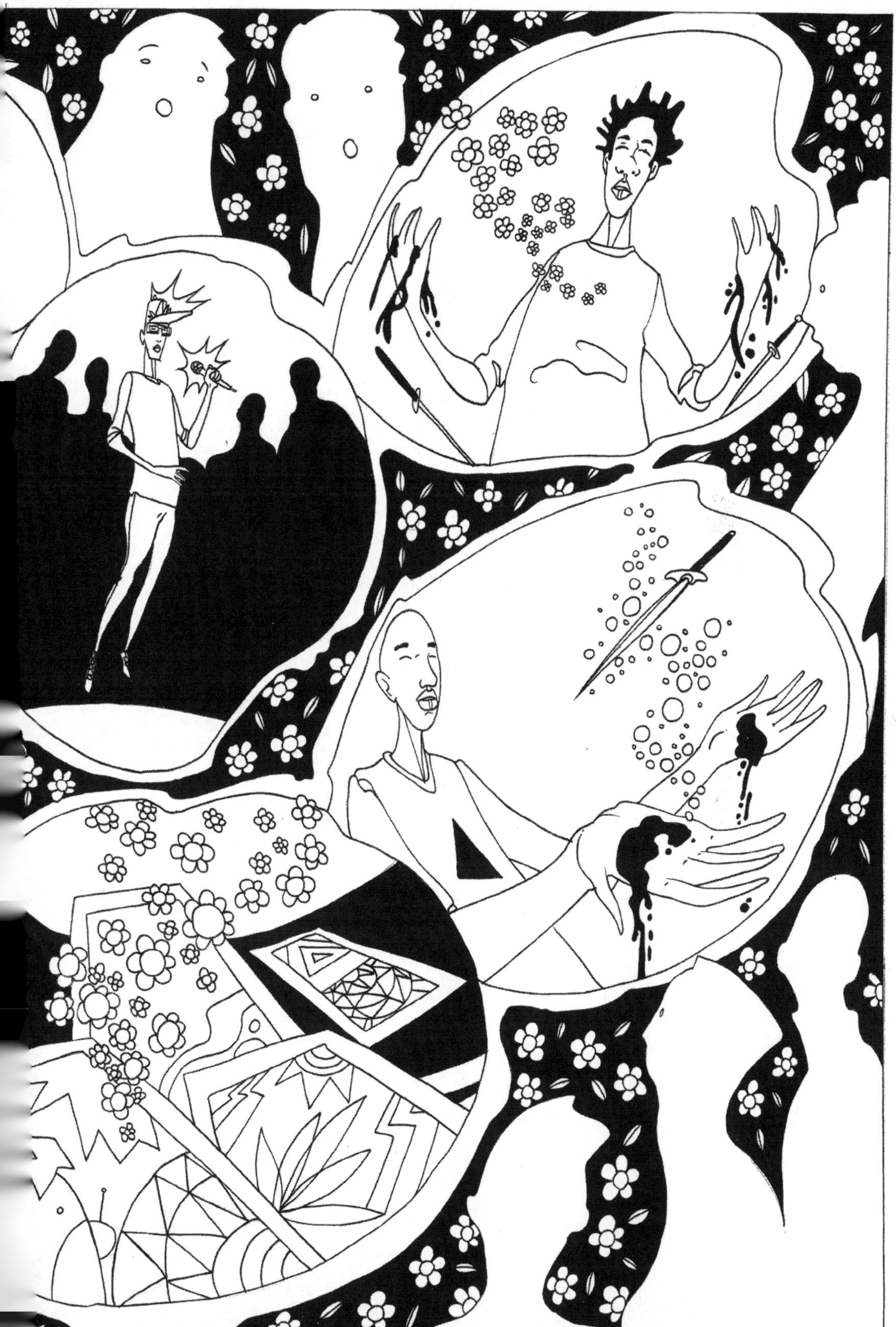

AGORA, SIM, VOCÊ ESTÁ PREPARADO PARA VOLTAR!

ALGUÉM AJUDA! POR FAVOR! PELAMORDEDEUS, GENTE! ELE VAI MORRER!
CALMA, A GENTE NÃO PODE MEXER NELE.
IÓOOOIÓOO
BRASIL SER TRISTE POR ESSAS COISAS, NÉ, MAN?
AH, MANO, É COMPLICADO. CANSEI DE FALAR PRO MALUCO, ESSAS FITAS NÃO DÃO FUTURO!

DOMINGO

CISCO TÁ BEM. NEM ACREDITO, AMANHÃ JÁ RECEBE ALTA DO HOSPITAL.

MAS NÃO É POR ISSO QUE EU NÃO VOU. VEJA SÓ...

BECO DO BATMAN Z/O

TODO DIA, ÀS CINCO HORAS, CUIDO DE MINHA VELHA.

LUIS HONÓRIO FREITAS
RAIO X
CELA 12

ÀS SEXTAS, LEVO O JUMBO PRO MEU PAI.

TENHO UMA VIDA AQUI. E, AQUI MESMO, JÁ FAÇO A MINHA VIAGEM. OBRIGADA.

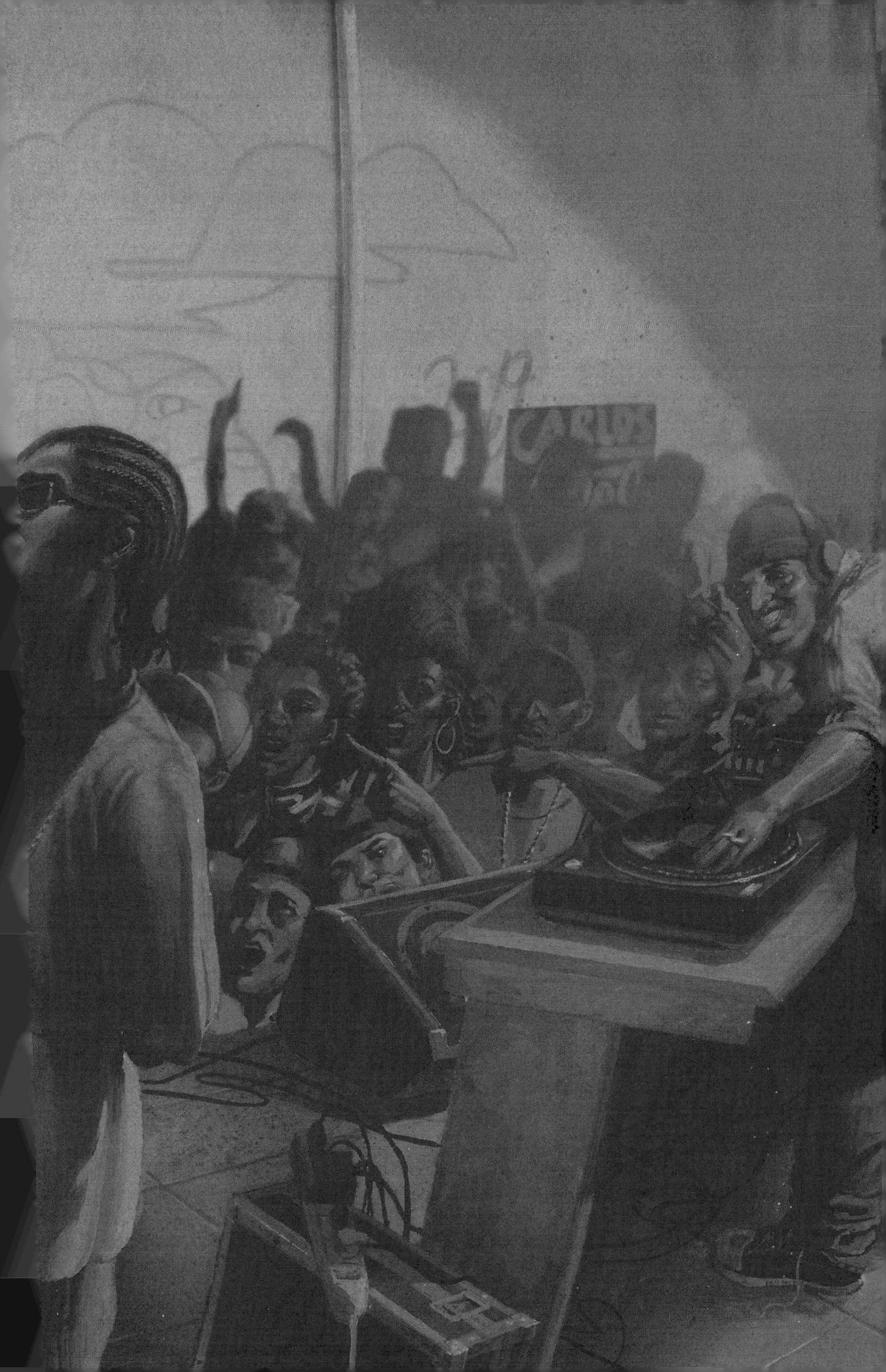

NOSSA HISTÓRIA DE HOJE É SOBRE O FAMIGERADO *TOMMY BOY*.

RECONHECIDO MUNDIALMENTE COMO UM DOS MAIORES DJS DE TODOS OS TEMPOS. O CARA SIMPLESMENTE É UMA LENDA VIVA DO HIP HOP!

PORÉM, SAIBA QUE A SUA TRAJETÓRIA NEM SEMPRE FOI UM MAR DE ROSAS...

POIS TOMMY BOY SIMPLESMENTE SOFREU HORRORES ANTES DE SE TORNAR...

O Rei do

GROOVE

PLANETA HIP HOP
- MELHOR DJ
- 1º DJ OFICIAL MTV
- O BATALHA DE B BOYS

PHILADELPHIA'S FIRST ALL-RAP SPECTACULAR
♫ RUN DMC ♫
THE BEASTIE BOYS
L.L. COOL J
♫ WHODINI ♫
★★★ SPECIAL GUEST ★★★
JAM MASTER JAY
★ SPECTRUM STADIUM ★
JULY 5th – 1986

The Album
MANTRONIX
MANTRONIX
MANTRONIX

RUN DMC

2 LIVE CREW

L.L. COOL J — BAD

HIP-HOP

HOP.

Campbell's CONDENSED TOMATO SOUP

... Anthology
... of Science

CRIAÇÃO, ROTEIRO E ARTE
GUABIRAS

ERA 1989 E O MOVIMENTO HIP HOP CONTINUAVA UMA FEBRE PELOS BAIRROS DE NOVA YORK.

THE FATBACK BAND
KING TIM III
GRANDMASTER FLASH

Céu

LIXO

HIP HOP

1979

♪ 'I SAID A HIP H

HIP HOP

CLASSIC FUNK

EM QUALQUER ESQUINA QUE SE PREZE, ERA COMUM VER UMA GALERA CURTINDO E IDOLATRANDO OS SEUS RAPPERS PREFERIDOS.

'A HIPPIE, A HIPPIE TO THE HIP HOP'

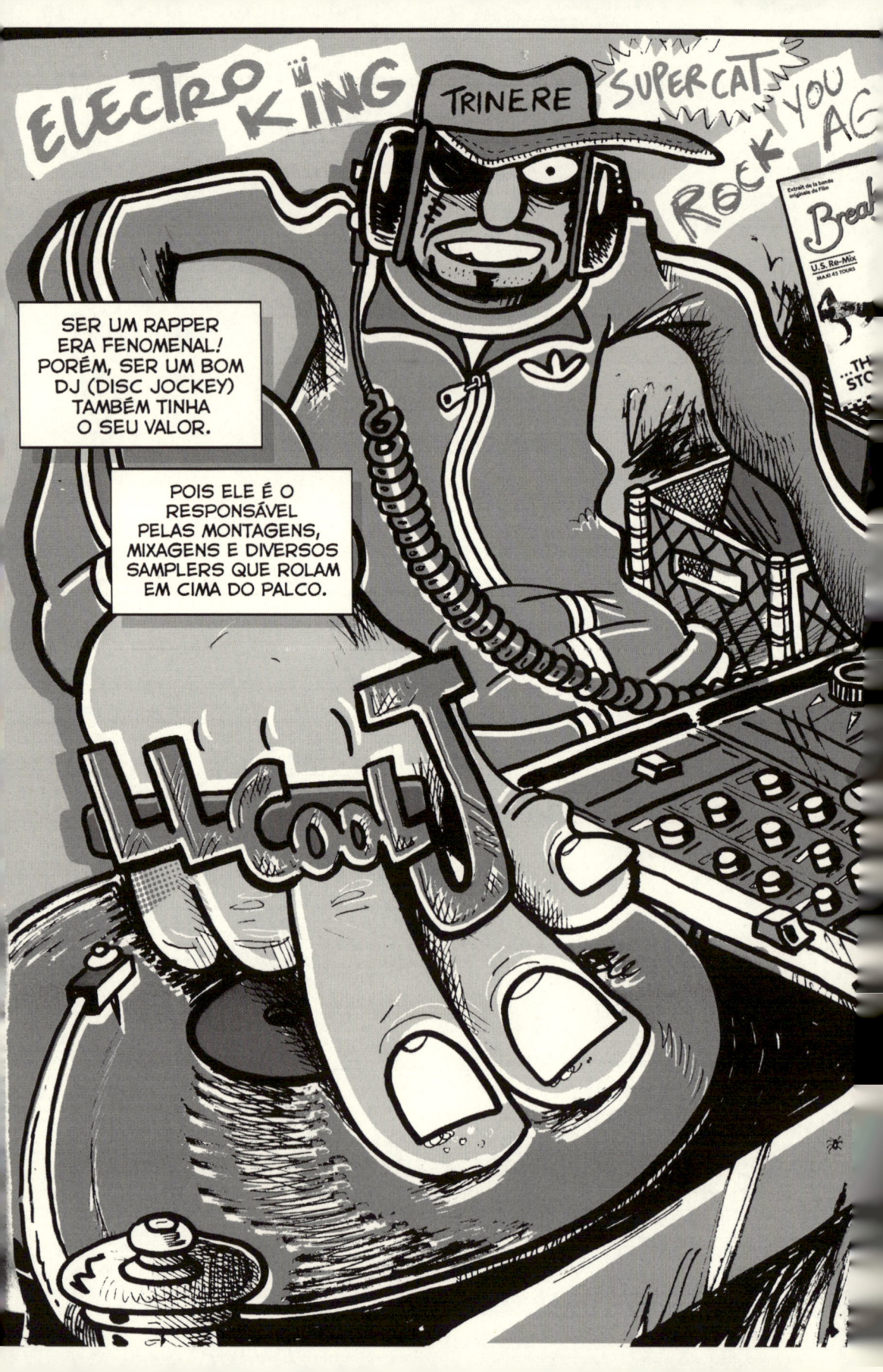

SER UM RAPPER ERA FENOMENAL! PORÉM, SER UM BOM DJ (DISC JOCKEY) TAMBÉM TINHA O SEU VALOR.

POIS ELE É O RESPONSÁVEL PELAS MONTAGENS, MIXAGENS E DIVERSOS SAMPLERS QUE ROLAM EM CIMA DO PALCO.

ENQUANTO QUE O RAPPER ESBRAVEJA SUAS RIMAS EXPLOSIVAS...

...OS DJS FAZEM AS FAÍSCAS SALTAREM DOS DISCOS ATRAVÉS DE SUAS AGULHAS MÁGICAS!

NO FINAL DAS CONTAS, A UNIÃO REVOLUCIONÁRIA DESSES MÚSICOS É QUE ACABOU CONCRETIZANDO A HARMONIA GERAL.

E AÊ, DJ BASF! ARREBENTOU ONTEM NO BAILE!

FALAÊ, PEQUENO MAXELL! TAMO JUNTO, MERMÃO!

É ONDE TOMMY BOY ENTRA NA HISTÓRIA...

ENQUANTO MUITOS DJS VIVIAM SUAS GLÓRIAS E CONSAGRAÇÕES...

...O POBRE COITADO NÃO CONSEGUIA EMPLACAR SUA CARREIRA NOS PALCOS!

How to Rap
FESTIVAL
CAI FORA, SEU DJ DE ARAQUE!
UUUUUU.
FOOORA!
DJ COLLER
MY ADIDAS
OH, SHIT! ESSE CARA É MUITO PÉSSIMO!
I ♥ RICK RUBIN
YES! MEUS OUVIDOS ESTÃO QUASE EXPLODINDO!
THE NEW STYLE

How to
E AÊ, TOMMY BOY! O CHEFÃO QUER VOCÊ LÁ NA SALA DELE!
KURTIS BLOW
AIII, CARAMBA!

Kool HERC
1980
BASKETBALL
DUMB GIRL
POP
MA... MANDOU ME CHAMAR, CHEFE?
COM CERTEZA!!!
100 %
HIP HOP

POBRE TOMMY BOY! PRIMEIRO FOI RIDICULARIZADO PELA GALERA DO BAILE...

PÉSSIMO! DECADENTE! FRACASSO! PREJUÍZO! E QUER SABER MAIS?

THE BRISTOL HOTEL

RUA GRAND WIZARD THEODORE

CRUSHI'N WIPEOUT

DO YOU KNOW WHAT TIME

SCREAM
NEEDLE TO THE GROOVE
CRACK MONST
BASS

...E DEPOIS FOI ESCULACHADO POR UM DOS MAIORES TUBARÕES DA INDÚSTRIA.

SÓ LHE RESTOU CAMINHAR DESILUDIDO POR ENTRE AS RUAS E VIELAS DA CIDADE...

FREESTYLE
DON'T STOP THE ROCK
W.C
BIG D
1987
DUMB GIRL
DUMB GIRL
SHOW ME
SHOW ME
FLY GIRL
FLY GIRL
SHANA
MELODY
JAIL HOUSE
CERVEJA
BRASS MONKEY
BROOKLYN
600 ML
SHAKE IT
COMPAN

SHAVONNE DRINK'S

MC SHY-D

M-USERS GET IT BOY

DAZZY DUKKES

THE DOGS

E AÊ, TOMMY BOY?! QUAL É A BOA DE HOJE?

ZÉ DE AURIM ESTEVE AQUI!

E AÊ, SHELLIE! UM DOSE DE UÍSQUE CAIRIA LEGAL...

A MARÉ NÃO ANDAVA NADA BEM PROS LADOS DE TOMMY BOY E ELE ESTAVA CIENTE DA SITUAÇÃO...

DIZ AÊ, TOMMY BOY! ME DISSERAM QUE SUA PICAPE É TÃO VELHA QUE O MARTIN LUTHER KING FEZ SQUATCH NELA! HAHAHA...

MAS EIS QUE, AO VOLTAR PRA CASA, DEPOIS DE TOMAR TODAS, O FRUSTRADO DJ FOI SURPREENDIDO POR UMA LUZ INTENSA...

...QUE MILAGROSAMENTE LHE PRESENTEOU COM UMA EXTRAORDINÁRIA MÁQUINA DE PROJETAR SONHOS!!!

| PRONTO! TOMMY BOY SE TORNOU UM FENÔMENO DA NOITE PRO DIA... | NINGUÉM CONSEGUIU ENTENDER COMO ELE HAVIA SE APERFEIÇOADO A TAL PONTO... |

"ESTOU MUITO FELIZ COM ESSA NOVA FASE NA MINHA CARREIRA!"

...MAS ISSO POUCO IMPORTAVA PARA A MULTIDÃO DE FÃS QUE SÓ QUERIA CURTIR E PRESTIGIAR O SEU SUCESSO!

HIP HOP FEEDBACK

DJs QUE ARREBENTARAM NESTE FIM DE SEMANA
- KURTIS MANTRONIK
- KOOL HERC
- TOMMY BOY

YO MTV — DJ SENSAÇÃO

CLUB JAM MASTER JAY

HOJE
TOMMY BOY
O REI DAS MIXAGENS

GIRL TALK

INGRESSOS ESGOTADOS

PRÓXIMOS SHOWS:
THE BOOGIE BOYS
MANTRONIX
MC ADE

DANCE TRANSFORMER

BAD

LIXO

O CARA É SIMPLESMENTE FANTÁSTICO! NUNCA VI BATIDAS TÃO LOUCAS NA MINHA VIDA!

OK. TOMMY BOY HAVIA SE TORNADO DEMAIS. MAS, AFINAL DE CONTAS, QUEM ERA O VERDADEIRO DONO DA TAL PICAPE?

80
Km/h
FAZ HORAS QUE ESTAMOS PROCURANDO A PICAPE DO NOSSO LÍDER SUPREMO E NADA!
A CULPA É SUA, MK-257!
MINHA? EU DEIXEI A PICAPE SOB A RESPONSABILIDADE DO ZUG-467!
AHHHHHH, CALEM AS BOCAS VOCÊS DOIS!
MILAGRE? BENÇÃO? UMA VERDADEIRA CARTADA DE SORTE?
BOM, TOMMY BOY PREFERIU APENAS SER FELIZ AO INVÉS DE FOCAR EM TAMANHO MISTÉRIO...
PLANET ROCK
1982 - 1986
TOMARA QUE HOJE ELE ESTEJA DE BOM HUMOR!
DEVÍAMOS NOS CONCENTRAR É NA DESCULPA QUE IREMOS DAR AO LÍDER SUPREMO!

...UM MISTÉRIO QUE, LAMENTAVELMENTE, NEM O MAIS CONSAGRADO DEUS DO HIP HOP É CAPAZ DE RESPONDER!

QUEM FORAM AS CRIATURAS IGNÓBEIS QUE OUSARAM PERTURBAR **AFRIKA BAMBAATAA** DE SEU SONO SAGRADO?

FIM

GUABIRAS

Carlos Henrique Santos, o Guabiras, é cartunista e jornalista do Jornal O POVO (Fortaleza - CE), desde 1998. Criador de HQs e de muitos personagens, já publicou mais de 5 mil tirinhas. Em 2003, publicou uma história em quadrinhos no Jornal EXTRA, de Nova York (EUA). Em 2015, junto com a equipe de arte do Jornal O POVO, ganhou o prêmio Esso de Jornalismo na categoria Criação Gráfica. Em janeiro de 2017, foi premiado no Troféu Angelo Agostini. Participou de revistas como Tarja Preta, Escape, Gibi Quântico e MAD.
Blog blogdoguabiras.blogspot.com.br/
Facebook.com/guabiras.cartunista

MAPA DE REFERÊNCIAS

1 Tommy Boy é o nome de uma gravadora independente criada em 1981 por Tom Silverman. Ela foi a gravadora que ajudou a projetar Afrika Bambaataa em 1982 com o single "Planet Rock".

2 Autógrafos reais de MCA, Mike D e Ad-Rock, integrantes do Beastie Boys. O quadro é a capa do disco Licensed to Ill, lançado em 1986 e considerado um dos maiores da história do hip hop.

3 Logomarca e corrente com relógio do Public Enemy, considerado o primeiro grupo de rap de protesto da história do hip hop. Esse último, é um ícone marcante da banda e do vocalista Flavor Flav.

4 Logomarca da banda Beastie Boys.

5 Tênis Adidas. O grupo Run-DMC lançou uma música chamada "My Adidas" em 1986 e isso rendeu um contrato de 1 milhão de dólares com a marca.

6 Capa do disco "Raising Hell", do Run-DMC, lançado em 1986.

7 Bonequinhos do grupo Run-DMC no estilo Funko Pop. Foram lançados em 2012.

8 Exemplar da revista em quadrinhos "Hip Hop Family Tree". Ao todo, são quatro volumes desenhados pelo cartunista Ed Piskor que documentam o nascimento e a era de ouro do hip hop entre os anos de 1970 e 1985.

9 Capa da edição "Deluxe Pizza Box" do primeiro disco homônimo do trio Fat Boys de 1984. Esse formato de caixa de pizza, foi lançado em 2012 como forma de resgatar o "disco 3" que estava fora do catálogo.

10 Cartaz do show que reuniu, no Spectrum Stadium (Orlando, Flórida), os maiores nomes do hip hop em 1986. Esse evento é considerado como um dos maiores da história do gênero. O design é copiado até hoje.

11 Capa do disco "The Album", da dupla Mantronix. Foi lançado em 1985.

12 Logomarca da banda Run-DMC.

13 Capa do disco "Bigger and Deffer - BAD", do rapper LL Cool J. Foi lançado em 1987.

14 Lata de sopa de tomate Campbells, imortalizada na famosa serigrafia de Andy Warhol. Virou ícone da cultura hip hop quando, no final dos anos 1970, o grupo de artistas Fabulous 5 grafitou várias dessas latas nos vagões do metrô de Nova York.

15 Capa do disco duplo "Anthology: The Sounds of Science", do Beastie Boys. Foi lançado em 1999 e têm 43 faixas que retratam, até aquele ano, todas as fases da banda, incluindo músicas instrumentais e projetos paralelos.

16 Tênis M-2000. Uma febre por conta do hip hop. Foi lançado no Brasil em meados de 1980.

17 Ao contrário do que muita gente pensa, a música "Rapper's Delight", do Sugarhill Gang, não foi o primeiro single de rap lançado comercialmente. É que a música "King Tim III", do Fatback, foi lançada nada mais, nada menos, do que UMA SEMANA antes, em outubro de 1979.

18 Grandmaster Flash é considerado o cara mais importante da história do hip hop!
— Em seus bailes (muitas vezes realizados em quadras de basquete nas comunidades), costumava entregar o microfone pros dançarinos na intenção de vê-los se "gladiando verbalmente". Isso criou a batalha de MC's. Entretenimento que depois seria rebatizado de rap (rhythm and poetry, ou seja, ritmo e poesia).
— Aprimorou-se no "scratching" (arte de fazer a agulha vibrar sobre o vinil para criar sons inusitados). Esse feito contribuiu bastante com o estilo conhecido como "música remix".
— Ainda na década de 1970, Mel e Cowboy, que eram integrantes do grupo "Grandmaster Flash & the 3 MCs", respectivamente, criaram os termos MC e hip hop.
— Em 2007, o grupo "Grandmaster Flash and the Furious Five" entrou no Hall da Fama do Rock and Roll como o primeiro grupo de artistas do hip hop a ser homenageado. É mole ou quer mais?

19 1979 é considerado o ano oficial do nascimento do hip hop.

20 "Destiny" é considerada uma das maiores músicas de rap feminino da história. Foi gravada pela cantora Bettina em 1988.

21 Kool Moe Dee é considerado um dos maiores rappers dos anos 1980 e o primeiro rapper americano a fazer um show no Brasil, em 16 de janeiro de 1988.

22 Trecho da música "Rapper's Delight" do Sugarhill Gang, que apesar de não ser a primeira música da história do hip hop, contribuiu mais do que "King Tim III",

Fatback, para a popularização do gênero.
23 Assinatura do Mike D (Beastie Boys) na tabela de basquete.
24 Classic Funk é um dos termos mais usados em coletâneas de rap americano. Geralmente as gravadoras lançam vários títulos com o mesmo nome. Por exemplo, Classic Funk Volume 1, Volume 2, Volume 3 e assim por diante...
25 Uma tatuagem de microfone em alusão ao mesmo desenho que o rapper LL Cool J tem no braço.
26 Break Machine é um trio de hip hop que ficou mundialmente conhecido com a música "Street Dance", em 1983.
27 "DJ Innovator" é uma música da autoria de Chubb Rock e Hitman Howie Tee. Foi lançada em 1988, porém ganhou uma versão nacional por Ndee Naldinho chamada "Lagartixa na Parede". Essa versão é considerada a música de rap nacional mais tocada nas rádios em todos os tempos.

28 "Electric Kingdom" é considerada uma das primeiras músicas de rap com vocal totalmente robotizado. É da autoria de Twilight 22 e foi lançada em 1983.
29 Trinere é a mais conceituada cantora de rap da história. Seu estilo de música (melódico e cheio de batidas eletrônicas) ficou popularmente conhecido no Brasil como "balanço".
30 Super Cat é um artista que estourou graças à música "Don Dada", de 1992.
31 "Rock You Again" é uma música do grupo Whodini. Lançada em 1987.
32 Diamantes e coroas de reis são símbolos associados à cultura hip hop porque remetem a poder, fama, riqueza e status.
33 Capa da trilha sonora do filme "Breakdance", lançado em 1984. A faixa "carro-chefe" do disco é "Breakin' (There's No Stopping Us)". Um funk dançante e melódico com refrão altamente grudento. Autoria da dupla Ollie & Jerry, e que imediatamente serviu de influência direta para que vários artistas e bandas entrassem de cabeça na cultura hip hop.
34 Basf e Maxell são marcas de fita cassete (K7) - uma invenção criada pela empresa holandesa Philips em 1963. A fita K7 era uma caixinha de plástico de 10 cm x 6,30 cm com dois carretéis, uma fita magnética e o mecanismo de movimento que "milagrosamente" armazenava até 120 minutos de áudio. Qualquer fita K7 poderia ser gravada e desgravada quantas vezes fosse possível (algumas eram oficiais, lógico) e elas poderiam ser reproduzidas em diversos aparelhos de som como radiolas, toca-fitas de carros e micro system.

35 Embora tenha sido batizado no Brasil como "balanço", o nome verdadeiro do estilo de música feito por Trinere se chama freestyle.
36 Man Parrish é um artista que ajudou a definir o estilo de música electro-funk. A música "Boogie Down Bronx", de 1985, é considerada um clássico até hoje.
37 DJ Joe Cooley é o artista responsável pela música "DJs and MCs", em parceria com Rodney O, lançada em 1988.
38 "My Adidas" é uma música do trio Run-DMC e faz parte do disco "Raising Hell", lançado em 1986.
39 Integrante do trio de rap feminino Salt-N-Pepa. "Push it", "Shoop" e "I Like it Like That" são algumas de suas canções.
40 Integrante do trio Run-DMC.
41 Integrante do trio Beastie Boys.
42 Rick Rubin ajudou a popularizar o rap mundial ao lançar artistas como Beastie Boys, LL Cool J, Run-DMC e Public Enemy. Def Jam Records, American Recordings e Columbia Records são algumas das produtoras que ele trabalhou.
43 Integrantes do trio Beastie Boys.
44 "The New Style" é uma música do Beastie Boys que faz parte do disco Licensed to Ill.
45 "How To Rap: The Art and Science of the Hip Hop MC" (Como fazer rap: A arte e ciência do MC de Hip Hop) é o nome de um dos mais importantes livros sobre cultura hip hop já lançados. Foi escrito por Paul Edwards e lançado em 2009. A obra é um compilado de 104 entrevistas com rappers consagrados, além de várias informações de artistas como Beastie Boys, Dr. Dre, Eminem e Snoop Dogg.

46 Kurtis Blow é um dos mais respeitados rappers da história.
— O primeiro rapper comercialmente bem sucedido.
— O primeiro rapper a assinar com uma grande gravadora.
— O primeiro rapper a faturar disco de ouro. Foi em 1980 com o single "The Breaks".
— A música "Basketball" (1984) fez parte da Billboard Hot 100 e influenciou uma geração inteira de artistas, incluindo Fat Boys e Run-DMC.
47 Kool Herc é simplesmente considerado o pai do hip hop! Apelidado de Hércules devido à sua estrutura física e à sua postura, esse meio-americano e meio-jamaicano é ninguém menos do que o criador do rap e dos termos b-boys e b-girls - apelidos carinhosos que ele dava pros dançarinos em suas festas. Porém, a maior proeza de Kool Herc foi criar, em 1973, as primeiras bases da música hip hop. Tudo aconteceu após ele colocar duas cópias iguais do álbum "Sex Machine" (1970), do James Brown, no toca-discos e brincar de fazer mixagens na música "Give It Up or Turn It Loose". Pronto! O mundo nunca mais foi o mesmo!

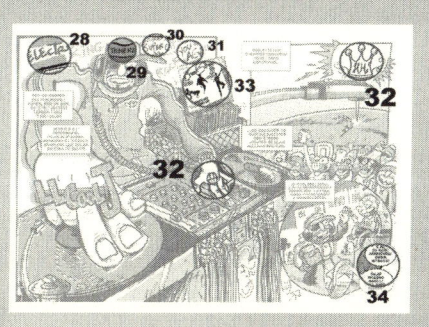

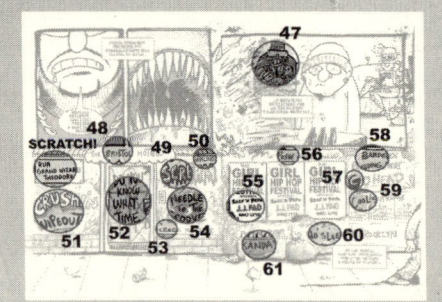

47 O rapper Kool Moe Dee em pessoa!
SCRATCH! Grand Wizard Theodore é oficialmente o criador do "scratching". Reza a lenda que, certo dia, Theodore escutava som alto no quarto, quando sua mãe pediu pra baixar o volume. Ao tentar ignorá-la, Theodore começou a passar a mão levemente sobre o vinil. Esse gesto acabou criando diversos ruídos fantásticos, mais tarde aprimorados por ele mesmo e introduzidos em festas e afins. Um sucesso. Tanto é que o "scratching" foi além da música hip hop. Artistas como John Zorn, Madonna, Björk, Limp Bizkit, Alpha Blondy e Ratos de Porão, ao longo do tempo, já usaram "scratching" em suas obras.

48 "The Bristol Hotel" é uma música do rapper LL Cool J. Faz parte do disco "Bigger And Deffer - BAD".

49 "Scream" é uma música do dupla Mantronix gravada em 1986. Porém, outra música de mesmo nome, da autoria do rapper Ice MC, se tornou bem mais popular e consagrada por conta das rádios. Foi lançada em 1990.

50 "Bassline" é mais uma música do Mantronix. Foi lançada em 1985.

51 "Crushin'" e "Wipe Out" são músicas do Fat Boys lançadas em 1987. Essa última é uma regravação da banda de surf music The Surfaris.

52 "Do You Know What Time It Is?"

53 "Monster Crack" é outra música do rapper Kool Moe Dee lançada em 1986.

54 "Needle to the Groove" é um clássico do Mantronix, lançado em 1985. É considerada uma das maiores músicas com refrão totalmente robotizado da história do rap.

55 Salt-N-Pepa, JJ Fad e MC Lyte foram as maiores artistas femininas do School Rap. MC Lyte, por exemplo, foi a primeira mulher a gravar um CD solo de hip hop e a primeira mulher a receber um disco de ouro cantando hip hop.

56 "Posse On Broadway" é uma música do grupo Sir Mix-A-Lot lançada em 1988.

57 "Go Head" é uma música do grupo Freestyle lançada em 1990.

58 "Bleeding Heart" é uma música do grupo feminino Bardeux. Foi lançada em 1988. No Brasil, ela é conhecida como "Melô da Princesinha".

59 Lil' Jazzy Jay & Cool Supreme é uma dupla de rappers que ficou consagrada com a música "B-Boys Style", lançada em 1985.

60 "No Sleep Till Brooklyn" é um dos maiores clássicos da história do hip hop. Foi gravado em 1986 pelo trio Beastie Boys e faz parte do disco "Licensed To Ill".

61 "Kanday" é uma música do rapper LL Cool J. Foi lançada em 1987.

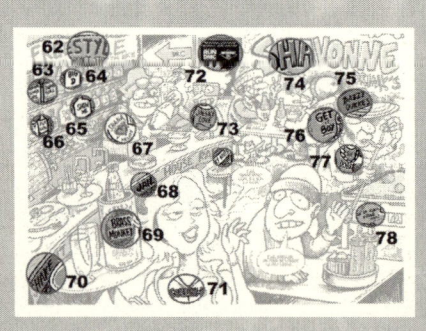

62 "Don't Stop The Rock" é uma música do grupo Freestyle lançada em 1985.

63 "Dumb Girl" é uma música do Run-DMC e faz parte do disco Rainsing Hell. Foi lançada em 1987. No Brasil, ela é conhecida como "Melô do Dom".

64 "Big 'D'" é uma música da dupla DJ KJ & MC Kooley C lançada em 1988. Por ter um refrão robotizado que lembrava um pato com voz eletrônica ficou conhecida no Brasil como "Melô do Patinho".

65 "Show Me" é uma música do trio The Cover Girls lançada em 1986. Considerada por muitos como um dos maiores sons do funk melody de todos os tempos.

66 "A Fly Girl" é uma música do grupo Boogie Boys lançada em 1985.

67 Shana é considerada uma das cantoras de funk melody mais consagradas da história.

68 "Jail House Rap" e "My Nuts" são músicas do trio Fat Boys.

69 "Brass Monkey" é um clássico do Beastie Boys e faz parte do disco "Licensed to Ill".

70 "Shake It" é um clássico do rapper MC Shy D. Foi lançada em 1988.

71 Company B é um grupo de dance eletrônico que ficou consagrado no hip hop por conta da música "Fascinated", lançada em 1987.

72 Cartaz do show de hip hop no Memorial Coliseum (LA). Foi realizado em 1987 pelos grupos Beastie Boys e Run-DMC e é considerado até hoje como um dos mais importantes da história.

73 Joeski Love é o rapper responsável pelo clássico "Pee Wee's Dance". Uma música que, ao invés de refrão, consiste em um grudento som de teclado. Foi lançada em 1986.

74 Shavonne é autora da música "So, Tell me, Tell me", considerada o maior clássico de funk melody da história. Foi lançada em 1989. No Brasil, ficou conhecida como "Melô da Dengosa".

75 "Dazzey Duks" é uma música do rapper Duice lançada em um álbum homônimo.

76 "Get It Boy" é uma música extremamente nervosa do trio M-4 Sers. Cheia de quebradas e repetições, serviu como influência direta no surgimento do estilo que seria conhecido no Brasil como "montagem". Foi lançada em 1987.

77 The Dogs é um grupo de rap inusitado que usava bastante vozes de crianças e latidos de cachorros em suas músicas. Um dos seus maiores clássicos foi a música "Yo' Mama's on Crack Rock", lançada em 1989. Ficou conhecida no Brasil com "Melô das Crianças".

78 Zé de Aurim é um personagem do cartunista Guabiras. Apesar de despojado e eclético, Zé de Aurim costuma aparecer em suas histórias como um grande fã de hip hop.

79 Hanson & Davis é uma dupla de rappers que contribuiu tanto para o funk freestyle quanto para o funk melody. Seu maior clássico se chama "Hungry for Your Love" e foi lançado em 1986.
80 "Supersonic" é o maior clássico do rap feminino na história do hip hop. Foi gravado pelo J.J. Fad em 1988.
81 "Yes Yes Y'All" é um clássico do rapper MC Shy-D. Foi lançada em 1987.
82 "Go Cut Creator Go" é uma releitura do rapper LL Cool J para o clássico "Johnny B. Goode", do lendário Chuck Berry. A versão ficou tão foda que até hoje é considerada como uma das mais pesadas e poderosas na história do hip hop. Foi lançada em 1987 e faz parte do disco "Bigger And Deffer - BAD".

83 O rapper Ice T em pessoa. Ice T é autor da música "Colors" (1988), que teve até filme de mesmo nome. Produtor e empresário, o cara é um dos mais consagrados colaboradores da história do hip hop mundial.
84 O rapper LL Cool J em pessoa.
85 "Electro Scratch" é um clássico do funk robotizado. Foi lançado em 1987 por Sir Mix-A-Lot.
86 "We Are The Champions" é um clássico da dupla Asher D & Daddy Freddy. Foi lançado em 1989.
87 Def Jam Recordings ou simplesmente Def Jam é considerada a mais consagrada produtora de hip hop da década de 1980. Foi criada em 1984 por Russell Simmons e Rick Rubin.
88 "Smurfs Beat", de Gigolo Tony, é a mais consagrada de todas as homenagens que o hip hop já fez para um personagem de desenho animado. São tantas as versões que no Brasil criaram uma numeração sequencial: "Melô do Smurf 1", "Melô do Smurf 2" etc.
89 Miami Bass é um estilo que mistura batidas eletrônicas com ritmos latinos. O grupo The 2 Live Crew foi o pioneiro ao lançar clássicos como "Banned In The U.S.A.", "Me so Horny" e "Dick Almighty". Duas coisas serviram como influência direta na criação do funk carioca: o famigerado clipe de "Informer", do rapper Snow, lançado em 1992; e o Miami Bass.
90 O rapper LL Cool J novamente. Desta vez passeando pela cidade com um micro system tocando "I'm Bad", seu maior clássico.
91 Kurtis Mantronik e Kool Herc são os dois maiores DJs da história do hip hop. O primeiro fez parte da dupla Mantronix e lançou clássicos como "Simple Simon" e "Fresh Is the Word". O segundo é simplesmente o primeiro DJ da história.
92 YO! MTV Raps foi um programa de hip hop da MTV americana e durou entre 1988 e 1995. A versão brasileira se chamava apenas YO! MTV, e teve a sua estreia em 1990.
93 Jam Master Jay foi cérebro, mentor e DJ oficial do grupo Run-DMC. Foi assassinado dentro de seu estúdio de gravação no dia 30 de outubro de 2002. Ele tinha 37 anos.
94 Boogie Boys, Mantronix e MC ADE são artistas consagrados do do rap das antigas.
95 "Girl Talk" é uma música do trio Boogie Boys. Foi lançada em 1985.
96 "Transformer" é uma música do MC ADE em homenagem ao desenho animado Transformers. Foi lançada em 1987. No Brasil, ela é conhecida como "Melô do Transformers".

97 "Planet Rock" é simplesmente o maior alicerce do movimento hip hop. Lançada pelo grupo Afrika Bambaataa & the Soul Sonic Force em 1982, essa música misturava em apenas seis minutos todos os estilos que se conectam direta ou indiretamente com o rap. Trance, techno, break, dance, boate, electro, montagem, freestyle... Cultuada até hoje com louvor, fúria e orgulho. Um triunfo em forma de canção. Um clássico dos clássicos. Rappers, DJs, dançarinos, donos de boate e músicos eletrônicos em geral, todos devem sua vida à "Planet Rock".
98 O lendário Afrika Bambaataa em pessoa. Considerado o músico mais importante da história do rap. Também é conhecido como Deus do Hip Hop, Lenda do Hip Hop e Poderoso Chefão do Hip Hop. O artista costumava usar vários figurinos inusitados em suas apresentações, de imperador intergalático a faraó egípcio. Atualmente, ele tem 62 anos.
99 Logomarca da Zulu Nation (ou Nação Zulu). Afrika Bambaataa criou a entidade na intenção de desviar garotos do crime para fazer parte da cultura hip hop. Essa entidade ficou conhecida e cultuada em diversos cantos pelo mundo.
100 Soul Sonic Force era o nome oficial do grupo criado por Afrika Bambaataa e que serviu de influência para toda a árvore genealógica do hip hop.

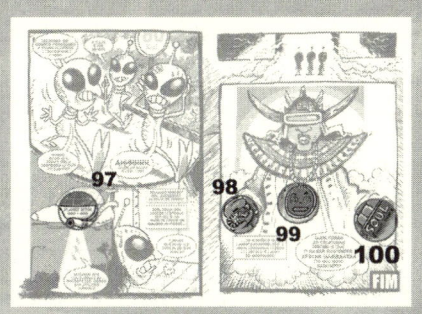

ESTE LIVRO FOI IMPRESSO COM SANGUE, SUOR E LÁGRIMAS EM PAPEL PÓLEN BOLD NA RENOVAGRAF EM FEVEREIRO DE 2019.